山海之间的台州女人

王寒 著

目录

山海之间的台州女人

台州女人，既有着南国佳丽的玲珑剔透、聪慧能干，又兼具北地胭脂的豪放刚烈，有着自己独有的风姿；她们打动你的往往不是第一眼的美艳，而是天长日久相处中的那种真诚和率性；她们有进而善攻的生存智慧，有退而善守的生活品位；她们不会低眉顺眼，不会压抑自己。

台州女人像水底的一尾鱼，快乐自由地游曳在自己的家园里

阳光打在脸上，温暖留在心里

说起江南温柔之地，不少人脑海里首先跳出来的是三秋桂子、十里荷花；提到江南女人，人们想到的是“低眉顺眼”“温婉知性”这些字眼。都说一方水土养一方人，江南的这方水土，必定养出温婉柔顺、千娇百媚的南国佳丽，因此，在很多北方人的心目中，“豪爽能干”“敢爱敢恨”这类词语只与北地胭脂挂钩，而跟吴越女人无缘。其实不然，台州虽地处江南，有江南的杏花春雨，桃红柳绿，但它的人文性格又有不同于一般江南之地的硬朗阳刚。就像大家对台州的印象：杏花春雨中渲染的江南山水，有烟丝醉软的质感，烟雨迷蒙之中，满目皆是水汽和灵气，可是等云开雾散之时，方知这里也有起伏的山脉、嶙峋的风骨。台州的一掬春水，温柔时，可以濯我缨，可以清我心，奔放时，也可以惊涛拍岸，卷起千堆雪。所以，在这方水土中成长起来的台州女人，既有着南国佳丽的玲珑剔透、聪慧能干，又兼具北地胭脂的豪放刚烈，有着自己独有的风姿。

精明能干的台州女人

台州女人精明能干，是耙钱的好手。台州民间有这样的说法，把五指并拢，指缝间不透光者能聚财，反之，则是会花钱的主儿。老话还说，指缝透光的多少跟散财的快慢成正比。以此推论，台州女人并拢五指时，指缝间应该是不透一丝光线的。

台州女人是市场意识觉醒得较早的一群人。早在20世纪80年代初，在成群结队背井离乡闯荡江湖的台州大军中，就有台州女人柔弱而坚韧的身影。这其中，既有跟在丈夫后面，策马扬鞭帮丈夫打天下的“压寨夫人”式的贤内助，也有单枪匹马独占山头跑江湖的女中豪杰。台州人在外摆的烧饼摊、补鞋摊，开的干洗店之类，基本上都是夫妻店。

台州女人是女人中的战斗机，而且是隐形战斗机。她们也许不会唱《爱拼才会赢》，但她们在生活中把这首歌的精髓发挥得淋漓尽致。在商品经济的滚滚大潮中，台州女人跟男人一样，中流击水，浪遏飞舟，她们用柔弱的肩膀承担起生活的重荷，她们的吃苦耐劳是有目共睹的。一直到现在，在广东、江苏、福建等地的服装批发市场上，还时常可见扛着、背着、拖着大包小包进货的台州女人。为了省钱，更为了节约时间，她们常常“连轴转”：晚上坐夜车从台州出发，在长途卧铺车

台州女人既玲珑剔透、聪慧能干，又豪放大气，有着自己独有的风姿

上眯一觉，天亮时赶到进货点，用毛巾胡乱抹一把脸，等待着市场开门。进好货又坐夜车赶回家，数百上千公里的行程，她们一天一夜赶个来回。为了赚钱，她们什么苦都能吃，什么脏活、苦活、累活都肯干。我的一个女友，20 世纪 80 年代初闯荡商海时不过十六七岁，初中毕业的她从三十元钱起家，在生意场上跌打翻滚二十来年，赚到数千万元。她肯吃苦又胆大，早些年还没有刷卡之便利，生意人出门都是现金进进出出，她把几十万的现金装进长筒丝袜，然后捆绑在腰间，把自己变成一台二十四小时的自动提款机。就是这样一个弱女子，一个人跑遍大江南北，接下一单又一单生意。20 世纪 90 年代初，当工薪阶层的月工资只有百元出头，大家为早日成为万元户而奋斗时，她已是不折不扣的百万富婆。虽然现在身家数千万，她依旧奔波忙碌。吃惯苦的她，一辈子给自己上紧了发条，觉得闲下来跟浪费一样，都是一种

罪过。

台州女人有能耐，她们拥有“钱生钱”的本领。她们觉得，工资是死的，是用来塞牙缝的，人是活的，要想过上好日子，必须有别的挣钱门路。她们先是“做会”，再是炒房，一有机会就投资，反正什么来钱干什么，哪有钱眼就往哪里钻。由于赚钱的欲望太强烈，在钱上跌跟头的女人也不是没有。台州人有“做会”的传统，新中国成立前不说，早在三十多年前，温岭、椒江、玉环一带头脑活络的女人，几乎人人都“做会”，“会头”手上的资金有上千万甚至上亿，操纵这些“老太太银行”的“会头”，几乎清一色是女人，很多人连记账都不会，就敢翻手为云，覆手为雨，胆大包天的程度令人咋舌。在“做会”上，善于审时度势、嗅觉灵敏的女人，及早抽身，斩获颇丰，而一条道儿走到黑的主儿，直到“倒会”才无奈歇手，以致倾家荡产、元气大伤，从此咸鱼难翻身，甚至为此误了卿卿性命。

20 世纪 90 年代中期，原先踊跃“做会”的女人，都改弦更张去炒房了，她们从炒房中尝到巨大的甜头。都道温州炒房团厉害，其实台州军团同样生猛，主要组成人员即为台州的“太太购房群”，成员中有女老板、家庭主妇，这其中，以温岭的“太太炒房团”最为煞甲（台州方言，厉害）。她们成批成群杀入楼市，先是炒高了椒江等地的房价，接着杀入杭州、上海，再杀向全国各地。她们敢于合伙将数间甚至整幢的房子吃进。有人说台州人有钱，所以能在楼市里翻手为云，实际上，除了钱，还有更重要的东西，那就是精明加胆魄。一位女友，单身一人，是普通的公务员，就挣点死工资，也没别的外快收入，她靠按揭在当地楼价最高的小区买了一套一百多平方米的房子自己住，又在上海

享受闲暇时光

买了两套房子，一套是上海古北的公寓房，总价数百万，除了首付外，其余都是按揭，租给一老外，每月租金除归还按揭外，还有剩余。她以此房为抵押，又在浦东买了一间商铺，租了出去，还是拿租金来归还按揭。如此这般，她就拥有了上海的两套房，坐收渔利，后半生就算不用工作，收收租金、当当包租婆养活自己也绰绰有余。

椒江一家拍卖行的老板给我讲了个故事，更是让我感叹不已：椒江一沿街商铺拍卖时，有三名路桥女人本来是陪亲戚过来竞拍的，她们在充满硝烟味的拍卖会上，过家家似的合伙拍得一间一百多万元的商铺。本来她们无意于此，只是因为这天是其中一位小姐妹的生日，三个女人开玩笑说，反正闲着也是闲着，拍间商铺玩玩，赚点小钱零花。凭着对台州女人的了解，我相信她们绝不会拿手中的钱开玩笑，果然过了几个月，这几个女人把商铺转卖了，净赚三十多万，每人分到十多万的“小钱”。

台州要建体育场，资金不足。怎么办？政府向温州人学了一招，就是把体育场的座位提前出售：出价若干，就可取得前排某个座位的优先使用权。于是台州女人又把它视为发财之道，纷纷借订座位之机炒上一炒。至于真正为看比赛买座位的，少而又少。投中体育场座位第二天，不少中介所就挂出了加价一万的转让牌。

对台州女人的精明能干，台州男人最有体会。台州的不少家庭中，那些全能型的主妇里里外外都是一把手，台州男人为了图省事，也就乐得当起甩手掌柜。别看台州女人外表娇弱，但魄力和吃苦的劲头绝不亚于须眉。我的几个女友，出嫁前都是父母的掌上明珠，这些宝贝囡在家十指不沾阳春水，从不沾手家务活，可是为人妻后，仿佛小宇宙爆发，家里家外都是她们张罗，把小家操持得红红火火、和和美美。

台州女人仿佛个个都是超级主妇，买房装修这样的大事，也是一手抓，丈夫则极少抛头露面，最多购房贷款时陪着去银行验明正身，签个字画个押。我的师姐，独自装修了一套别墅，前前后后忙了半年多。可在这半年时间里，她当教师的丈夫几乎没来现场“指导工作”过。装修结束时，木工、油漆工来结账，还是没见着男主人的尊容，实在忍不住了，好奇心作怪，问道：“你老倌（台州方言，老公）是干什么的，怎么老不见他出面呢？”女友风趣地说：“我老倌日理万机，比国务院总理还忙，白天上课，晚上忙着研究美国大选和中东局势呢，他要操心国家大事和天下风云，哪有闲心管这等小事！”

乡间婚礼,新娘子的脸上写满幸福

像这样心安理得当甩手掌柜的台州大男人,身边还有不少。当别人问起他们的家事,他们总是一问三不知,一脸茫然。你问他:"你现在住的这房子买进时多少钱一平方米?你女儿留学需要多少费用?你家这车每年要交多少保费?你们的房贷是抵押贷款还是组合贷款?"他们的回答只有一句:"我勿识,这种小事我不管的,你去问我老婆。"

台州女人不太做玫瑰色的爱情梦,却喜欢做金灿灿的赚钱梦。台州女人是人精,她们精明能干,又精打细算,算盘子拨得噼里啪啦响。台州女人动辄把"投资"二字挂在嘴上,投资股票是投资,投资房产是投资,投资儿女也是一种投资。生活上的任何一样事情,她们都会以

“合算”与否作为判断标准。比如买房合算，那就多多益善，买车不合算，那就先搁一边。

台州女人在家里坚持“两手抓”，一手抓家庭建设，一手抓经济大权，做到“两手都硬”，以确保小日子如芝麻开花节节高。台州女人知道，经济大权是家庭大权中的命脉。一些台州女人，书没读过几行，汉字连错别字在内，认识的也不到两千个，却无师自通悟得“经济基础决定上层建筑”的道理，可见台州女人都有思想家的底子、政治家的远见。台州的很多家庭，虽然户主的名字是男主人，但掌握经济大权的却是女主人，户主在家中的作用是表表态鼓鼓掌。在台州，藏私房钱的女人很多，甚至有老妈在女儿出嫁前现身说法，积几十年藏私房钱之心得，传授藏钱的独家秘籍，要女儿为自己留条经济后路。台州女人藏私房钱，并非都生有二心，只是觉得家中有粮，心中不慌，手中有钱，心里踏实。若女方掌握家庭经济大权，私下藏点掖点并不是什么难事，但一些家庭中，男人大权在握，女人想落点私房钱难免要挖空心思。但“钱网恢恢，疏而有漏”，那些家有如意郎君的女人，有几十上百万的私房钱，并不是稀奇事，至于藏个几万十几万体己钱的，更是比比皆是。不少看上去十分恩爱的夫妻，当丈夫问起家里有多少存款时，掌握财政大权的妻子往往会打些折扣，打八折算是夫妻无比恩爱的了，打五折说明婚姻比较美满，“心狠手辣”的，明明家中有金山银山，却敢说“欠债满头颈”。总之，台州女人对待钱财的态度是，你的就是我的，我的还是我的，当然，最后都是孩子的。

台州女人御夫有术，对于老公，她们“严格管理，大胆使用”；对乱花钱或者花钱散漫惯了的丈夫，她们会依家法剥夺丈夫的经济大权，

惊蛰时节，台州满城的玉兰花开了

没收他们的工资卡、奖金卡，每月只下拨固定的零花钱。她们的想法是，男人有钱就变坏，口袋里留这么多钱干什么？那些顾大局识大体的台州男人，延续从祖辈父辈那里继承下来的优良传统，不用女人开口，一结婚，就会主动将工资卡、奖金卡拱手上交，无卡一身轻，从此再不必每月为还多少房贷，交多少电费水费，用多少生活费操心，何况他们充分信任自己的女人，今日交自家女人一桶水，明日自家女人会还家里一桶油的。

台州女人管理家庭是张弛有度的，当然也有管理得过分严苛的。据说个别台州男人每月的零花钱只有两百元，出门带的钱从不超过五十元，我开始以为是笑话，后来才知道确有此事。记得母校的一位大学教授，早些时候，每月只能领到五十元的生活费，出门时常常只有十块钱保底，那是师母给他预留买碗面条的钱。

那些在同一单位工作的夫妻，女主人在领取工资、奖金时，会堂而皇之地“顺便”把老公的那份领走，即便不在同一单位，她们也有办法旁敲侧击打听出老公的月度奖、季度奖、年终奖是多少，以便做到知己知彼，百战不殆。那些想私下截留些小钱拿来买烟买酒的男人，与老婆一番斗智斗勇后，最后还是乖乖地缴械投降。

台州女人吃的是草，挤出来的是奶。台州女人掌控经济大权，并不是为了自己享受和挥霍，而是为了尽快积累资本以便用于新的投资，用于放长线钓大鱼，或者为了尽快还清房贷以便无债一身轻。这也就可以理解，为什么台州女人掌握着家庭财政大权，但花在自己身上的钱，远不如花在丈夫、孩子身上多。台州女人是铁算盘，但绝不是铁公鸡，她们固然节省，但该花的钱，她们一分也不少花，不该花的钱，则三思而后花。她们出手大方，人情往来上从来不会让自己的丈夫没面子。

台州女人希望自己的男人是台印钞机，更多时候，她们会挺身而出，自己充当印钞机的角色。她们擅长小钱生大钱，钱上再生钱，由于会持家，家底自然越来越殷实。一个穷小子跟一个会持家的台州女人结了婚，三五年之内家里鸟枪换炮，不是什么稀罕事。

总之，娶个会持家、能赚钱的台州女人，等于娶了张活期存折。

敢爱敢恨的台州女人

与北地胭脂相比，南国佳丽婉约而多情，她们善嗲能忍，情浓不烈。但同样是被江南烟雨浸润的台州女人，她们的性格却比一般的南方女人要来得刚烈。江南女人心思玲珑，擅长以发嗲、试探，或者别的

“旁门左道”,来测探爱情的温度,而眉目传情从来就不是台州女人的长项。她们直来直去,甚少曲里拐弯,不会玩欲擒故纵的把戏,要爱就豁出去爱,要散就散个干净彻底。台州女人很少忸怩作态,更少设局考验对方。她们中固然有“千缕线,一腔痴,珠明双泪垂,愿如鸳鸯比翼飞,问君归不归”的婉约派,但更多的是“欲来不来早语我”的豪放派。一位同学的妹子,恋爱谈了将近一年,到了谈婚论嫁的时候,男方却优柔寡断,因为老娘找人算了命,说准媳妇命里跟她的宝贝儿子犯冲,男友在老娘的意见与女友的眼泪之间摇摆,拿不定主意该分还是该合。女友毫不含糊,对他下了最后通牒,给他二十四小时的时间考虑,限第二天晚上十点前答复,是合是散,只需一个字,不必多解释。结果,男友辗转反侧,权衡一夜后,终于在最后期限到来之前,肿着眼泡,发出“百年好合”的短信给女友。

台州女人在恋爱时,常会评估对方的经济实力和家庭背景,在这个人人擅长掘金,以掘金多少论能力的城市里,谈钱不是什么羞于启齿的事,台州女人不会假清高到视钱为阿堵物的地步。

一个女人一生中有三次投胎机会,一次是出生时投胎在什么家庭,一次是大学毕业时进到什么样的单位,最后一次就是嫁个什么样的男人。婚姻是最大的一次也是最后一次投胎机会,台州女人自然不会含糊,在找对象时,现实的台州女人会七挑八拣,多方比较。用台州话来讲,“嫁给当官的当娘子,嫁给杀猪的翻肠子”,台州女子纵然不想当娘子,但大多数也不愿去翻肠子,所以找对象时她们会睁大眼睛,因为挑拣过头,有时还蹉跎了青春。台州有“会拣拣新郎,勿会拣拣田庄”的老话,台州女人首选的对象,是单位好、福利好、家庭背景好的“三好生”和个子高、学历高、收入高的“三高”小伙子；那些单位一般但个人条件出色的“潜力股”也在她们的考察范围内；含着金钥匙出生的富二代更受欢迎。不要以为台州女人在婚姻上秉承的是“庸俗爱情观”，台州女人一向认为，钱能给人带来生活上的安定，是幸福的一种保障。反之，如果一个“白富美”的女孩，爱上一个一无所有的“屌丝”，周围的人对这样的婚姻多半不看好，保不定还有人背后说姑娘是“憨大囡”。

台州女人在没有遇到心仪的对象时，会理智地划定七个要求、八个条件，但一旦两人对上了眼，什么要求都可放到一边去。当金钱与感情并不冲突时，钱当然多多益善，但金钱与感情之间只能选其一时，绝大多数台州女人还是把感情放在首位的。为了钱与不爱的人睡在同一张床上，犯不着。男方有钱有背景当然好，如果是穷光蛋，只要足够优秀，照样有女孩子主动送上“秋天的菠菜”。

台州女人以理智型的居多，是现实主义者。当她们现实起来时，她们可以现实到锱铢必较的地步，但是一旦恋爱，爱情之火常烧得她们颠三倒四，她们会变成彻头彻尾的浪漫主义者加冒险主义者。我认识的一位女“土豪”，以世事洞明著称，第一次婚姻受挫后，爱上了比她小好几岁的手下保安，现在姐弟恋颇时髦，但在二十几年前，这种恋情还是颇让人侧目的，她的所有朋友包括我在内都不看好这段婚姻，劝她及早了断，但她爱得死心塌地，义无反顾，自己身上的行头全是便宜货，却给对方买名表名车，可惜遇人不淑，婚后因小事吃够了小丈夫的老拳，感情彻底破裂。朋友叹息：早知如此，何必当初。话是如此，可是“爱”字当头，谁又能做到收放自如？还有一位熟人，年近不惑，女儿已经六七岁，在经历了一段失败的婚姻后，她冒“天下之大不韪”，爱上

新娘与小伴娘

了同单位的小她十多岁的一个小伙子。男方的母亲天天来单位指着她鼻梁骂她是老骚狐，勾引童男子，但她顶着巨大的压力与心上人走到一起。还有一位女友，临近办婚礼时，发现自己最爱的不是与她领证的那个富二代，而是初中隔壁班的男同学，在几天几夜的辗转反侧后，她毅然当了落跑新娘，与男同学走到一起。

在感情上，台州女人不大会压抑自己，她们想爱就爱，为爱可以走天涯，为爱可以低到尘埃里。她们有主见，并不是一味被动地接受爱情，当她们喜欢上一个男人，她们会勇敢地主动出击，一旦把爱给了恋人，就有烈火焚身般的勇气，哪怕为爱粉身碎骨。台州女人在感情的付出上，较少算计，爱就爱了，一竿子到底，像这样"一根筋"的台州女人，我见过的着实不少。

正因为个性刚烈，台州女人在情感上也容易走极端，要么爱，要么不爱，像冰与火一样不可调和，她们不会含糊其辞，较少拖泥带水，藕断丝连。台州不是风花雪月之地，不是出才女的地方，但多烈女。几乎每个县的方志上，都记载着几个烈女的故事，什么烈女饮卤、贞妇投崖、投江寻父、张女断喉等。台州女人在爱情上是勇往直前的，对待感情是泼辣大胆的。在金钱上，台州女人有时锱铢必较，但为了爱情，她们甚至可以放弃整个世界。在她们看来，亲情诚可贵，爱情价更高。也许正是因为对爱的义无反顾，感情冲动之下，台州女人难免会遇人不淑，所以看看身边的女人，鲜花插在牛粪上的也不少。在我的身边，因为婚姻跟父母亲闹翻，以至于决裂的就有好些个。大多数在生米煮成熟饭后，无奈的父母亲也就默许了，也有一些在孩子出生后修复了"双边关系"，但老死不相往来的也有。我有一个女友是官二代，家庭条件非常优越，本来可以找个门当户对的小伙子，结一段皆大欢喜的婚姻，但在工作中，她爱上了同单位的离婚男人，爱火一经点燃，便成燎原之势，她坚决要嫁“二手”男人。父母坚决不同意这段婚姻，她被强势的父母反锁在家中，但倔强的她想尽一切办法摆脱父母的看管，偷出户口本与心上人结婚，现在，孩子都读大学了，她依旧回不了娘家门，但她无怨无悔。这种不被父母祝福的婚姻，倘若婚后两人琴瑟和谐，倒也不负初心。可惜造化弄人，浓烈的感情有时经不起琐碎生活的考验，等不到云开雾散，倒先变成一地鸡毛。

台州女人把整个心都交给了爱人。要是另一半变了心，台州女人绝不肯轻易让步。同甘共苦这么多年，胜利果实哪容别的女人轻易摘了去，有些一根筋的台州女人，婚姻失败时，不会反思自己在婚姻上的过错，却把所有的怨气归到“假想敌”身上。于是，冲到第三者家里大闹天宫的有之；在“小三”的店铺前泼红漆的有之；黄脸婆给狐狸精打电话“摆事实讲道理”的有之；“有我没她，有她没我”一哭二闹三上吊要挟丈夫的有之；找“二奶”约架的有之；更有甚者，气急败坏之下索性来个白刀子进红刀子出，用极端手段解决家庭内部矛盾。当然，也有冷静型的女人，一不哭二不闹，却也是一不做二不休，撂下一句狠话，要离可以，当初你结婚时一无所有，现在你出门也给我净身出户。一句狠话，让气焰嚣张的男人变成泄了气的皮球，甚至成了戴罪立功的怂包。

台州女人再是大女人，但如果死心塌地爱上一个人，再怎么果敢、大方、泼辣、大胆，也会表现出缠绵悱恻、小鸟依人的一面。这正是台州女人的可爱之处。台州女人非常顾家，也会持家，结了婚，丈夫放在

窗外的三角梅。爱生活爱鲜花的台州女子，总把自己的家打理得漂漂亮亮

第一位，有了孩子，孩子放在第一位。在肯德基店和麦当劳店，我经常看到小胖墩们开怀大嚼，而他们消瘦得像薯条一般的老妈则美滋滋地坐在一边，目不转睛看着自己的儿子吃得两腮流油。她们把自己的老公、孩子打扮得光鲜体面，哪怕自己穿的是便宜货，丈夫身上总有几套光鲜的行头，她们牢记"要看家中妻，丈夫身上衣"的古训。她们嘴上或许喋喋不休唠叨数落个不停，但心里最温暖的角落里永远是丈夫、孩子的位置。台州女人出差，不管到哪里，心里总念着家里，再是好玩的地方，到了第三天，总想着要回去。出门在外，她们一开口便情不自禁地把"我老倌""我囡""我儿爷"挂在嘴边，似乎离了老公、孩子就活不下去。

台州女人恋家，就算结婚前再怎么野的一个疯丫头，一朝偃旗息鼓嫁作人妇，便老老实实收了心过日子，不管结婚前有多少男伴女伴，结了婚后，多半与他们疏远了，来来往往的都是丈夫的一帮子朋友，而自己的朋友，可能一年半载也不会去联系。很多台州男子婚前精巴干瘦得像根霉干菜，结婚没多年，腰间好像套了救生圈，肚子横空出世，生活的舒适幸福从发福程度上就看得出。难怪三门人称老婆为“恋人精”，大凡成精的都是集某种东西的精华，如白骨精、狐狸精、味精；临海人称老婆为“小娘”，比老娘小一号的娘；天台人称老婆是“肉客”，心头肉一般的客人，都是别有含义的。

豪放爽朗的台州女人

如果说杭州是个阴柔的、女性化的城市，那么台州就是个阳刚的、男性化的城市。杭州是妩媚的，湖光山色，千百年的暖风熏得游人欲醉，西湖、苏小小、断桥、白娘子、许仙、孤山、林和靖、西溪，无论山和水，人和事，哪一样不是至阴至柔，杭州就像是唇红齿白的少年郎。《新周刊》曾经把杭州归入最女性化的城市行列，个别杭州男人曾经聒噪过一阵，大意为据以上种种把杭州定位为女性化的城市是站不住脚的，杭州的男人还是很阳刚的，杭州这个城市还是很大气的。但他们瞎嚷嚷了一阵也就偃旗息鼓了，因为在杭州人眼里，杭州就是这样一座女性化的、闲适的、缠绵的温柔地。而台州，比起近邻杭州来，无疑是阳刚的。一个阳刚的、男性化的城市，它所造就的女性气质往往不是低眉顺眼、温柔浪漫。台州女人有江湖儿女的做派，豪放热情又讲

台州女子性格爽朗而明快

义气，为人直白，行事爽快。

台州女人拿得起、放得下，遇事不太爱计较，不少时候显得比男人气量更大。我的一个好友把十万元私房钱借给别人，结果借钱者在付了半年利息后，连人带钱消失得无影无踪。她气愤得跳脚骂娘，骂累了，倒头便睡，第二天，神色自若去上班，绝口不提此事。另一个女友，做生意赚了不少钱，富婆的名声在外，亲戚朋友常向她伸手，只要有人开口，她都爽快答应，这些年来，她借出去的钱有一两百万，有一半被亲朋好友赖账不还。她也心痛自己的血汗钱打了水漂，但对那些欠了债的，她照样和颜悦色，宁可相信他们是一时困难还不了钱。

台州女人的爽气表现在方方面面，到市场上买东西，如果摊主是个台州女人，你说把零头抹掉，她多半不反对，有时甚至会送一点添头给你。这是爽气也是精明，留得好印象为的是招来回头客。

跟台州女人谈恋爱，对方如果喜欢你，并不扭扭捏捏，约会时也不会故意迟到来显示自己的矜持和高贵，她多半会准时赴约，有时还会赶在你的前头出现在约会地点。她收了你的礼物，总是想方设法要还你一样礼物，否则就觉得占了你的便宜，心里过意不去。跟着男同事出去吃饭，饭毕她们会跟男人一样抢着付钱，台州女人并不觉得吃饭揩男人油是天经地义、心安理得的事。

在台州街头，你经常可以看到手拿烤红薯、火烧饼或羊肉串的女子，旁若无人地边走边吃，她们并没觉得有损自己的形象。与男同事出门办事，男同事自顾自胳膊下夹着小包在前面大踏步走，女同事拎着大包在后面亦步亦趋。台州男子很少有主动照顾别人的习惯，顶多会假客气来上一句："要不要我帮忙？"嘴上说是帮忙，却是按兵不动，好在台州女人独立惯了，多半也不指望他们照顾，她们拎着大包跟在男同事后面，心里并不觉得委屈。台州男人喜欢跟女同事一起出差，一是男女搭配干活不累，有女同事在旁，有调节情绪之好处，二是无照顾她们之麻烦。若碰上个母性大发的女同事，还有可能倒过来关照他。

台州女人的性格多坦诚率真，一开口绝少拐弯抹角，一是一，二是二。她们不喜欢一锤子砸不出一个闷屁的主子，对那些内敛过头的人，她们用三字概括："阴死死"。当然，对于啰啰唆唆、嘴没把门、说件事能从种棉花讲到拆布碎的碎嘴男人，她们更腻味，称之为"娘姨范"（台州话，娘娘腔），"娘姨范"即"伪娘"，也就是"娘炮"。台州女人可以接受人妖，但受不了"伪娘"和"娘炮"。如果一个男子行为处事让她激赏，她会视你为兄长，胳膊肘处处朝你拐，对那些没品的男子，她也毫不掩饰她的鄙薄，称他们为“鬼渣”。

台州女人的爽气还体现在喝酒上。台州女人在酒场上，相当热情奔放。她们并不主动喝酒，外人在场时，她们起初还顾忌着自己的形象，翘着兰花指，小口地品着，有时还装成勉为其难的样子，但是兴之所至，这些个爽气的女人便原形毕露，好像狐狸精一不小心露出一蓬毛茸茸的尾巴，她们脖子一仰，一杯见底，为了表明自己没有作假，有时还会把空酒杯倒过来在男士面前转一圈。我的几个女友，都是好酒量，差不多一次能喝半斤白酒。台州最有名的女酒仙是临海杜桥镇小田村的金兴妹，她一百零四岁才仙逝，老太太喝了一辈子的酒，曾创下二十多天以酒当饭的纪录，酒量名闻四邻八村，她说自己的养生之道就是喝酒。我的同事闻知乡间有此奇人，从临海赶过去采访，也特地从酒厂拉了几雕上好的黄酒，准备送给老寿星。岂料，车子还在半路，同事就接到老人的家人打来的电话，说老人刚刚仙逝，临逝之前还喝了酒。她是带着酒气上天堂的。

台州女人会喝酒，但把持得很好，若是遇到三五知己，兴之所至，与男士拼几回酒也不稀奇，只喝得两颊绯红，但绝少喝得酩酊大醉，更不像某些台州男子一样，几杯黄汤下肚，胡话、疯话、鬼话、大话如长江东流水，滔滔不绝。她们在分寸上拿捏得很好。你见到过喝醉了酒丑态百出的台州男人，却极少见到喝醉了酒疯疯癫癫的台州女人。就算喝酒喝过了量，她们也会硬撑着，在外人面前绝不失态，撑到回家才肯露醉态。

在台州，喝酒的女人常见，抽烟的女人少见，不管多漂亮的女人，要是叼着烟卷吞云吐雾，周围人多半侧目。台州人认为，只有欢场女人，才会如此行事。台州男人会把爽快喝酒的女人视为兄弟，对抽烟的女子却多半如敬鬼神而远之，总觉得她们的品行不那么可靠。

台州的女人行事自然质朴，爽朗直率。台州男人欣赏爽气的女人，如果觉得该女人够爽气，他会跟你称兄道弟，引为同类，当成哥们，故女汉子在台州相当吃得开。所以，在台州，你见到男士叫某位"美眉"刘兄王兄时，不必诧异。

当然，台州女子也不全是女汉子和假小子，"袅袅声"（台州方言，讲话娇滴滴）的女人也有，但所占比率远低于杭嘉湖。正如北方姑娘把发嗲称为"犯酸"，在台州话里，发嗲称为"作袅"，"作"字就有忸怩作态的意思，在心爱的人面前撒撒娇，未尝不可，若是随便见了什么男人都发嗲，在不少台州女人眼里，那不是风情万种，而是骨头轻。要是惹毛了她们，她们会用难听的"老骚狐"或"骚猪屙"来形容之。台州的男人们似乎也受不起女人发嗲。有一位男士如此评价单位里的嗲妹妹："说话袅袅声，咿咿叫，听得我毛孔都竖起来了。"当然，发嗲的女人也有受欢迎的，前提是长得千娇百媚。不过话说回来，女人要是漂亮，别说发嗲，就是发狠，也同样受欢迎。

台州女人性格外向奔放，马大哈的比例也高。她们的桌上，也许井井有条，但抽屉一打开，却比杂货箱还乱。她们随身背的小坤包，里面同样一团糟，一个女人手机响了，在包里摸索了半天，就是找不着手机，不得已，把包里的东西全倒出来，才算找到手机及时接了电话。一个女友回家，掏出钥匙开门，开了足有半小时，还是打不开，她骂骂咧咧老半天，才发现多上了一层楼。有一个女友，看电影看到动情处，眼泪一把鼻涕一把，想掏出手帕擦眼泪，不想掏出的却是儿子的一只臭袜子。还有一个女友，早上赶着上班，匆匆出门，脚上穿的是两只不同的皮鞋，一只方口一只圆口。

台州女人本色就是粗线条。除了跟台州远离潮流中心有关，显然跟这个城市的气质也有关。波伏娃老早就说过："女人不是天生的，而是被造就的。"一个精致的城市，容易产生精致而细腻的女人，而一个粗线条的城市，造就的是率性本真的女人。

台州女人，她们打动你的往往不是第一眼的美艳，而是日久天长相处中的那种真诚和率性。她们大方爽朗，大气能干，肯吃苦，会持家，她们也许缺少含蓄和优雅，但并不妨碍她们成为好妻子、好母亲，因为她们拿得起，放得下，没什么心眼，做人本色，做事痛快；她们讲义气，重感情，是很好的知心朋友和红颜知己。所以，尽管她们有时粗线条，个性也大大咧咧，但她们的幸福感很强，在生活上也处处吃得开。她们有进而善攻的生存智慧，有退而善守的生活品位；她们不会低眉顺眼，不会压抑自己；她们活得不窝囊、不萎缩，因为活出真我的风采，她们比其他地方的女人显得更滋润、更自在。

如果你遇到心仪的台州女人，还是赶紧娶了吧。

江南古城墙下，发思古之幽情

春天，古城樱花树下的女孩

秀外慧中的临海女人

临海女人有一种特别的书卷气，她们不愧是历史文化名城孕育出的女儿，得益于历史文化名城特有的儒雅之气的浸润；临海女人总显得平心静气、温柔娴雅，她们聪慧而不嚣张，温和而不木讷，举手投足之间，有一种别样的灵气与慧性。

说到临海女人，首先让人想到的一句话是：腹有诗书气自华。

临海女人有一种特别的书卷气，她们不愧是历史文化名城孕育出的女儿，得益于历史文化名城特有的儒雅之气的浸润；临海女人总显得平心静气、温柔娴雅，她们聪慧而不嚣张，温和而不木讷，举手投足之间，有一种别样的灵气与慧性。

作为历史文化名城，临海有着浓重的文化氛围。这里的每一块砖、每一片瓦、每一段城墙，都写着沧桑与厚重。历史像一面巨大的筛子，筛掉轻飘的东西，只留下凝重，临海是台州人文气息最为浓郁的一座城市。说到厚重，难免让人想到死板二字，但临海不是死板的，它有敦厚的古城墙，也有灵动的灵江和东湖水，有沧桑的紫阳街，也有浪漫的开满玉兰花的巾山路。这使得临海女人身上也兼有含蓄与包容的特质。临海人以巨幅广告向世人昭示“台州文化在临海”“千年台州府，满街文化人”，虽有点王婆卖瓜的味道，倒也道出几分实情。临海人已经习惯了古城浓厚的文化味，地区机关搬迁到椒江二十多年了，临海人还是对椒江“淡薄的文化氛围”耿耿于怀。

我在临海读书的那些年，临海有很多书店，走不了三五步，就见一家书店，时不时可以看到手捧书本安静看书的女子。晨起到东湖散步，也会在湖边碰到晨读的美少女。老师专、百年名校台州中学就在北固山下，当年那个名噪一时的亚洲大专雄辩赛的女辩手罗洁，就出在临海。临海女人的确是秀外慧中的。

性格婉约

我读高中时来到临海，一直到撤地设市才随着大部队搬到椒江。在临海，我生活了十余年，对这座城市，有一种发自内心的喜欢，它不但充满人文气息，而且让人内心平静。这座城市没有火焦气，骨子里有一种坐看云起、闲庭信步的悠然。男人们的脸上总是淡定的表情，在喜怒不形于色的外表下，虽然鲜有时不我待只争朝夕的紧迫感，却有见过世面的豁达，也有深藏其后的隐忍。同样，生活在这里的女人，说话办事亦显得格外沉稳。哪怕是在新华书店门口摆张小板凳补衣谋生的临海女人，在窘迫的生活面前，依然有着那份从容。春天在临海街头叫卖白兰花挣几个小钱补贴家用的妇人，脸上的表情也是那么的恬静。

临海是座悠悠然的古城，沧桑、世故，少了点血性和激情，这个城市按照固有的节奏自在地运转着。甚至连公交车，也不是那么紧张地而是按照小城的节奏开着，不像大城市里的一些公交车，开得逃命似的，让赶车的人急三吼四。这个城市的居民，性格也是细致绵软的，早上起来，慢悠悠地打一通太极拳、舞几下木兰扇，连跳的晨舞也是慢三慢四。起早爬长城或巾山的人，或者散步，或者遛鸟，都是慢吞吞的，好像个个过的都是与世无争的生活。哪怕在江南古长城上吼它两嗓子，也透着股放松的味儿，不像其他地方的人，霸气冲天。

临海的春天有着别样的美丽，春天里的临海美女简直是兰心蕙质和空谷幽香的结合体。一到惊蛰，满城的玉兰花开了，临海的很多大街小巷成了花街，美女们骑着自行车穿行在玉兰花下，简直就是一幅充满动感的江南春天画卷。如果要选择一幅最能表现临海美丽的经典画面，我会把画面定格在春天玉兰花下的美女。稍晚些，春雨多了，水汽氤氲的古城，行走着的临海女子又成了戴望舒《雨巷》中的主角，她们有着“丁香一样的芬芳”，“像梦一般地”飘过。临海女人身上不经意间流露出的婉约味道，最是令人称道。这样婉约的城市、这般美好的女子，真是值得“拚今生，对花对酒，为伊泪落”。

如果说西湖是杭州的象征，东湖就是临海的标志。以前东湖周边，有军分区，有高炮营，有警通连，还有 417 医院。那时 417 医院的女兵，个个都很精神，英姿飒爽，很是吸引路人的眼球，而军分区的帅小伙很多，英气逼人，总有不低的回头率。

临海美女有品位，在穿着上，她们有着精致、典雅的一面，临海街头，极少见到袒胸露背的浓妆女人，大多是化着淡妆、穿着素雅的女子。优雅而得体的临海美女，与这个城市的景致与气质是那么相宜。

临海女人有着不急不慢的性格，你能想象一个临海女人在临海生活了五十多年，却从来没有爬过巾山吗？这是我住临海时，楼上的一位女邻居亲口跟我说的，听了她的话，我还真有点不敢置信。

她说，巾山又不会搬走，早一天看迟一天看有什么关系啊。

闻听此言，我不由感慨，临海女人真是沉得住气啊。

以柔克刚

临海女人说话轻声细语，温文尔雅，听惯了台州其他地方女人的高门大嗓，再听听临海女人的吴侬软语，优美柔和，婉转动听。

临海女人性格沉稳，不急不躁，娓娓道来，她们有着水一般的柔情，而且这水的温度保持恒温，不会热到噗噗翻滚，也不会冷到结成坚冰，总是保持在温度计的中部。她们的性格也如水，置于方则方，置于圆则圆。她们是平和的，不伤人的，也是最好接近的。

临海女人是出了名的好脾性，她们温柔婉约，有青花瓷一般的润泽气质，她们心气平和，即便意见相左，也不气急败坏，更不会针尖对麦芒跟你辩解一番，她会把自己的耳朵奉献出来听你抱怨，尽管她心里可能对你的话不以为然。在临海街头，吵架的场面比别的地方要少得多，这种隐忍温顺的性格，使得临海女人普遍具有较好的人缘，在工作中，临海女人是非常好的搭档。在生活中，她们懂得照顾别人，有那种“你打瞌睡，她悄悄地放一条毯子把你腿脚盖上”的细心和体贴。

临海女人善解人意，在家庭生活中也习惯于以柔克刚，她们出嫁前是父母的乖乖女，结了婚是贤妻良母。南宋时临海出过一个谢道清皇后，被册立为皇后后，她着实坐了好些年的冷板凳，可这个临海女人胸怀豁达，后宫相安无事，后来理宗也被感动了，因为愧疚，从此对她更好了，“礼遇益加焉”，谢皇后把临海女人的以柔克刚发挥到极致。到现在也一样，临海女人在家庭生活中把进与退的尺度拿捏得恰到好处，估计全台州，临海的离婚率是最低的。的确，擅长以柔克刚的临海女人，有什么样的家庭矛盾不能化解呢！

临海女人不太容易走极端，一个临海少妇，发现自己的男人与另一女人关系暧昧，频发短信，她不哭不闹也不寻死觅活，而是在临海人气最旺的网站上发帖求证：如果一个已婚男人与另一女人一个月发短信700多条，每天早上发，中午发，晚上十一二点也发，电话每天也起码通四五次，而且不让自己老婆知道，他们之间关系正常吗？！

然后她在网上设置了投票方式：1.正常；2.不正常。

让临海网民投票帮她做判断，很有点全民公决的味道。

临海女人，真是冷静得够可以的。要是碰上性格刚烈的女人，估计老早杀上门去了，或者使出"一哭二闹三上吊"这个放之各地而皆准的传统撒手锏了。

临海女人是贤内助，她们十分贤惠，不张扬和低调的性格使她们具备了好太太的素质。一个官人总结道，千年台州府，曾经给了临海女人比别地方女人更多的成为官太太的机会，原先很多的市长夫人县长夫人都出在临海。不过，地区机关搬迁至椒江后，临海女人嫁个公务员、当个官太太的概率就小多了，原本潜在的市长夫人，现在最多是局长夫人。

其实，在我看来，临海女人不管嫁给谁，嫁给当官的也罢，嫁给教书匠也罢，嫁给商人也罢，甚至嫁给贩夫走卒，她们都安之若素。她们的性格中有认命的成分，她们嫁鸡随鸡、嫁狗随狗，平平静静、踏踏实实地过她们的日子。临海女人望夫成龙的远不如望子成龙的多。

随遇而安

临海女人很少这山望着那山高，她们能够平心静气地享受平淡、惬意的生活，她们似乎没有别地方女人那么大的雄心壮志，看上去也没那么高的心气，她们不野心勃勃，不得陇望蜀，不攀比不折腾，这使得她们的人生显得波澜不惊，虽然少了些大富大贵的机会，却也不会经历大起大伏的落差。台州各地涌动着一波波的经商热、炒股热、炒房热，而在临海这些总是不温不火，烧不上劲。临海女人那种安详中的豁达和随遇而安的品性，在这个浮躁的年代里，成了不可多得的优点。

临海女人生性温柔贤淑，她们含蓄内敛，有一种蕴含于心的宁静与从容，临海女人的妻性和母性一般要大于女儿性。对感情，她们不会义无反顾，也不会壮士断腕，做任何事不是决绝而更像是改良，有着抽刀断水水更流的温情，似断非断，似连非连。这使得她们的人生也打上这样的性格印记：因为不决绝，有了可以回头的余地，却也少了一往无前的勇气和最大化的收益。

在临海生活了三十多年的作家，老家在义乌的龚泽华先生盛赞“临海女人是青铜质的”，说她们古韵犹存，保留着我泱泱文明古国女性的传统美德。我倒觉得，临海女人更像是玉，温润而细腻，沉静而恬淡，相处越久，越是养眼。

自信大气的温岭女人

温岭女子爱美，爱生活，有很强的适应能力，她们很现实，也懂得浪漫，但她们不会以浪漫的名义折腾生活，她们有自己的骄傲和倔强，也有一颗强大到敢于抗拒和放弃的心灵。她们吃苦时比谁都能吃苦，但是有条件享受时也绝不会亏待自己。

如果说临海的城市性格是“温文尔雅”，那温岭的性格则是“生猛鲜活”。

温岭这个地方，三面临海一面靠山，是山海兼秀的好地方，阳光、大海、石头，赋予温岭别具一格的禀赋特征，也造就温岭人刚柔相济的性格特征，温岭人有着阳光般的心态、大海般的胸怀和磐石般的意志。生长在这个地方的人，胆量比酒量还要大，口气比空气还要大，眼孔比铜钿孔还要大。

温岭是台州九个县市区中最富裕最繁华的城市，行走在这座城市的大街小巷，总觉得这里到处透着奢靡浮华的味道，这里城区不大，街道不宽，却有全台州最高的房价、最多的精品专卖店，这里也生活着全台州最多的有钱人，温岭人喜欢把自己生活的这个城市叫作“大温岭帝国”，虽说是调侃，却也透露出几分自傲。这个百万人口的城市，就人口数量而言，绝对称得上大，它每平方千米的人口密度有 1300 多人，是全国人口密度最高的县市区之一。每次到温岭，往人多的地方一站，我总感觉自己跟只蚂蚁似的渺小。外地人一到温岭，总觉得这里的“人气”特别旺，“气场”特别强，走在街上，总有被人流裹挟着不由自主往前走的感觉。这个百万人口的大市，人多地少物不博，在这样的生存环境下，温岭人学会了在螺蛳壳里做道场，学会了在逆境中求生存，学会了脚踏实地做事情，他们懂得抢先机，所以会“天黑赶路，天亮卖鲜”；他们记得“一文钱买糖一记甜，买灯芯点一年”，所以钱总能用在刀刃上；他们知道“人情大于债，锅头拿去卖”，因此在人情往来上，出手总是那么大方。

生财有道

温岭这个地方硬实，从地名也看得出，石粘、石塘、石桥头，温岭还有大大小小的石板路，温岭的标志是石夫人，石夫人字面上的另一层意思，就是像石头一样坚韧的女性，这块土地上滋养出的温岭女人自当不俗，温岭女人的性格有水一般的柔情，更有石一般的坚韧。温岭女人嗓门大，手脚快，一天到晚忙忙碌碌，她们说自己是劳碌命，她们很少有闲下来的时候。她们忙着理财赚钱，忙着追赶时尚，忙着相夫教子，她们忙起来精神抖擞，闲下来反而精神不振。

温岭女人踏实肯干，追求财富，爱做梦，更爱把梦想变为现实。温岭有三少三多：地少人多，书店少餐饮店多，出租车少私家车多。温岭的地盘不大，但店铺之多，可谓多如牛毛，大街小巷密密麻麻的店铺，真如水银泻地，无孔不入，各种各样的服装店、皮具店、皮鞋店、珠宝店、美容店、KTV、美发中心比比皆是，打理这些店铺的多半是女人。整个温岭城给我的感觉，就像是一间巨大的超市。这个巴掌大小的地方，人气是那么旺，房价是那么高，居民消费能力是那么强，一到夜晚，霓虹灯闪闪烁烁，整个城市显出锦衣玉食、歌舞升平的一面，让人有身处繁华都市的错觉。温岭的老城区不大，马路简直没有马路的样子，要兜风坐辆黄包车就可以了，上下班因为路近根本不需要开车，但温岭的豪车很多，把着方向盘的，很多是英姿飒爽的温岭女人。因为人多车多，温岭经常堵车，哪怕开着法拉利的跑车，也甭想享受风驰电掣的感觉，就算是奔驰宝马，下班时，在温岭的闹市，也只能开出自行车的车速。这就是温岭——繁华中有杂乱，杂乱中见繁华，但是温岭人习惯了这种乱，他们觉得，乱才有大生机，乱才有大气象，乱才能体现咱“大温岭帝国”的范儿。

温岭女子以善于理财著称，在她们眼里，处处都是商机，时时有钱可赚。有一个笑话说，一个懒汉捡到一个鸡蛋，在大树底下做起了白日梦，鸡蛋可以孵成小鸡，小鸡长大了可以下蛋，蛋再变鸡，如此这般，一只小鸡就可以变成一栋房子。但是如果这只鸡蛋不是在懒汉手里，而是在温岭女人的手里，一个鸡蛋变成一栋房子就不是白日做梦，而是指日可待。温岭女子具有超级强大的积聚财富的能力，她们近乎天然的商品意识和创新意识，与别地方的女子相比，确实格外发达也格外灵敏。温岭女人有“聚宝盆”和“摇钱树”之称，别的不说，纵横全国楼市的台州炒房团，其主要成员就是温岭女人，她们目光敏锐，一盯一个准，一度在楼市翻云覆雨，引得“狼来了”的惊呼。

温岭的女老板特别多，那些四处开花的时尚店铺，都是她们一手打理的，见到客来，笑靥如花，招揽起生意来，利落得像阿庆嫂。她们在生意场上周旋时，她们的丈夫，也许正安安稳稳地坐在机关办公室，领着那点死工资。温岭毫无悬念地一次次入围“全国百强县”，温岭女人功不可没。

由于经济实力雄厚，台州其他地方的人，提到“温岭银”时，总有隐隐的羡慕，在外地人眼里，温岭人约等于有钱人，而温岭女人约等于富婆。温岭女人以家乡为傲，她们并不觉得自己生活的这个小地方有什么不好，对上海北京，她们也不像别的小城市女人一样，带着仰视的神情。对这些个大城市，她们只有淘金的欲望。至于家，还是安在温岭最好。这些在“大温岭帝国”成长起来的女人，眼孔大，气魄更大，说话总带着满不在乎的表情，仿佛都见过大世面。别说上海、北京，就是纽约、东京，她们也未必放在眼里。她们为自己生活在温岭而自豪，并且隐隐约约中总有一种优越感，还有一种由财大气粗滋生出的骄矜，以致外人觉得温岭女人挺高傲的。

温岭女人是持家的好手，她们会过日子，她们把一家人的生活调度得光鲜体面，跟温岭女人结了婚，男人的腰杆会硬许多，腰包也会鼓许多。温岭女人爱家，总把自己的家拾掇得干干净净，特别是石塘、松门一带的女子，更是以爱整洁著称，走进石塘人家，不管是豪宅还是蜗居，都像进了五星级宾馆，一尘不染，在她们的家中，瓷砖能照出人影，地板能看得出木纹。

温岭女子出得厅堂，入得厨房，她们打点家庭就像打点生意一样充满热情，这一点颇为人称道。她们在小家庭小圈子里，偶尔也会“作”一“作”，但在外人面前，则相当乖巧得体，她们知道什么叫进退有据，什么叫拿捏有度，什么叫内外有别，她们待人接物自有章法，她们不会占人便宜，懂得投桃报李。

温岭女人普遍压得住阵脚，但她们看上去绝不是张牙舞爪的“母大虫”，温岭女人的聪明之处在于，她内心很强大，但看上去并不强悍。温岭女人有胆有识，有情有趣，她可以当阵前击鼓的梁红玉，也可以是“小红低唱，我吹箫”的可人儿。对“气吞万里如虎”的英雄豪杰来说，善解人意的温岭女人又足以成为那个"倩何人唤取，红巾翠袖，揾英雄泪"的红颜知己。

直率大方

温岭是座崇尚金钱和财富的城市。温岭女子时尚的外表下，流动着浓重的商业气息和市井味道。这里的女子不太信奉"书中自有黄金屋"，所以，这座城市有各种各样的服装店、美容店、餐饮店，唯独书店不多。缺少书香的城市，大概不太会出产理想主义和浪漫主义的女人，温岭女人是现实的，清醒的，她们目光敏锐，头脑清楚，对什么事情都能迅速做出判断，并能准确掂量出其中的利害得失。

温岭女人能干，她们自强，独立，不会像藤萝一样依附在男人身上，她们通过自身的努力达到应有的人生高度，所以用不着借男人的高枝炫耀自己，她们就像是舒婷诗中的那株木棉树，与心爱的橡树站在一起，共享雾霭流云，共同分担雷鸣电闪。她们不但刚柔相济，而且刚柔有度，她们是有血有肉、有情有欲的真女人，她们有一种宏大的气魄和豁达的处事态度。如果说临海的女子是婉约的江南小调，适合低吟浅唱，温岭的女子更像交响乐，直抒胸臆、大气磅礴。温岭不但有许多女商人，也有不少活跃在政坛上的女官员。她们说话办事不缩手缩脚，行为处事特别放得开。她们的表情落落大方，眉宇之间透露着一股大气——一种由经济实力滋养出来的气质，她们性格活泼明快，说话不喜欢藏着掖着，个性张扬，有着别具一格的魅力。她们直率大方，敢作敢为，有豪情侠骨。在温岭，我几乎没见过扭扭捏捏、磨磨叽叽的女子。

温岭女人实在，不爱玩虚的，她们经常把“实打实”三字挂嘴边，她们喜欢的男人也是“实打实”的男人。温岭女人是强势的，里里外外一把手，她们有点傲气，有点霸气，有点江湖气，弱一点的男人还不一定能 hold 住她，她们在外独当一面，在家相夫教子，她们有手段有本事，让男人心甘情愿在她面前“俯首”。

温岭人讲礼数，红白喜事，数温岭人最讲排场。温岭女人都知道，“红轿绿鼓手，办场豆腐酒”，无论红事白事，她们都要办得体体面面，风风光光。一场红白喜事下来，花个几十万元是常事，花个一两百万也常见，温岭人在人情上出手很是大方，朋友亲戚间的喜事，两三千元是起步价，哥们姐们或者嫡系亲戚，五六千元到近万元不等，还不能是整数，一般都带 6 或 8 两个“吉利”数字。比如说 6688 元、9888 元。这些年，温岭婚宴的红包越送越大，礼金数额越来越高，因为礼金过重、礼钱过多，点钱麻烦，也怕收到假钱，有些婚宴，干脆用上了点钞机与验钞机。

温岭女人身价高，虽说娶温岭女人的投入要大一些，但是结婚后的产出也高，附加值更高，总而言之，是“物有所值”。很多男人娶温岭女人时，原想收获一缕春风，没想到，结婚后，温岭女人却给了他整个春天。

温岭女人有一种宏大的气魄和豁达的处事态度，她们的感性大于性感，场面上的事样样“行得牢”，温岭女人普遍有旺夫的命、帮夫的运。在温岭，“行得牢”是判断女人是否贤惠是否能干的重要标准，所谓“行得牢”指的是做事靠谱。而与此对应的则是“行不牢”，行不牢就是不靠谱。

温岭女人行事爽快而泼辣，有些爽朗过头的温岭女子，甚至把“个婊子囡”之类的粗口挂在嘴边。那些少妇管教孩子，气急败坏时，出口就是一句“婊子囡”，全然忘了自己良家妇女的身份。特别要好的小姐妹，有时还会用“烂婊子”作为相互之间的昵称。在茶吧、咖啡店等休闲场所，临桌坐着两个如花似玉的美人儿，有一搭没一搭地闲聊着，边聊天边吐出匪夷所思的粗话来，表情生动，眉飞色舞，边上的人听得目瞪口呆，以致刚生发出来的那点爱慕之心立马被吓跑。温岭女人才不管这些呢，她们不会时刻留意男性的目光来调整自己的言谈举止。而在温岭男人眼里，女人偶尔说句粗话，并不表示粗野，而是说明她们爽气，温岭男人把爽气的女人当兄弟当战友看待，还会夸她们是真性情。

引领时尚

温岭的女人是自信的。做生意自信，穿着同样自信，她们十分讲究生活品质，并且“拔得出”，舍得花钱来提高自己的生活质量。温岭女人引领着台州的时尚。走在闹市街头，迎面过来的女子眉形上挑，目光犀利。温岭女人敢穿，在小城市很少有机会出街的皮褛、大披肩、露脐装、透视装，温岭女人都无所顾忌地穿在身上，有种衣不惊人誓不休的感觉。

至于妆容，温岭女人同样大胆，文眉、割双眼皮、拉皮、隆胸、打玻尿酸的，比别地方的都要多，有些富婆还会跑香港或瑞士打羊胎素。

温岭女人喜欢赶时髦，但有时不得要领。哪怕腰身发福的半老徐娘也敢穿着露脐装上街，露出了肥肚脐，也露出腰上的“救生圈”。温岭那些五六十岁的“老太瘪”，也文着眉，烫着爆炸式的头发，穿得艳丽多姿，像只开屏的孔雀。有些少妇，穿着旗袍，打扮得花样青春，却穿着一双黑色褛空的网眼袜。二十多岁的女孩子有乱穿衣的资格，因为青春是她们最大的本钱，过了四十在穿着上就不该随随便便，因为这时候，肌肤像叛徒一样暴露了你走过的岁月，而搭配不当的服饰又泄露了你的素养和底气。前些年，温岭街头时常可以见到衣着稀奇古怪的女人，把金银细软统统往身上挂，晃来荡去的看上去像一棵圣诞树，让人嗅到这座城市新贵和暴发户的气味。不过，这些年，温岭女人的打扮得体多了，在巷陌，在街衢，时不时飘过几个摩登青春而精致可人的美人儿，带着香风，带着丽影，成为这个城市的一道风景线。

温岭女人讲究穿甚过讲究吃，她们在意牌子，买起衣服来，毫不手软，逛一次街，可以让钱袋迅速瘪下去。手中有钱的，自然不在话下，但如果经济条件不宽裕，她们情愿从牙缝里省钱，也要买几件“出客”的好衣服。温岭的几家精品店，一件衣服动辄上万元，但是生意很好。一件料子、做工、款式都无甚出奇的服装，只要挂着名牌的标签，多贵都有人买，她们刷起卡来眼都不眨一下，为了打扮自己舍得一掷千金甚至万金。温岭富婆有点闲的时候，会跑到路桥、椒江买衣服；比较闲的时候，到杭州、香港买衣服；特别闲的时候，到欧洲、美国买衣服。她们喜欢在穿着上“撑门头”。如果一个温岭女子，让你猜测她的年龄和服装的价格，我一般会在她的实际年龄上打个七八折，把岁数往小里猜，而在其服装价格上上浮四五十个百分点，往贵里猜。

“云想衣裳花想容”，温岭的这些时尚女子，以打扮为生活的乐趣，看她们的衣柜，春夏秋冬的服装挂满了，但每周总要逛几次服装店，平时她们多走几步便喊腰酸背疼，但逛街时穿着高跟鞋走上三四个小时还精神倍儿棒。她们觉得温岭气候不错，适合人居，只是遗憾春天到夏天的过渡快了些，似乎刚脱下羊毛衫就穿上了短袖衫，让衣柜里的春装少了展示的机会。

把握人生

有人说，最好的人生是这样的：既有敏感的心灵又有粗糙的神经，既有滚烫的血液又有沉静的眼神，既有深沉的想法又有世俗的趣味，既有仰望星空的诗意又有脚踏实地的坚定，经历了长夜，守到了黎明，穿行过黑暗，还相信阳光，带着强大的内心，微笑上路，一路看山看水。温岭女人向往并追求的就是这样的人生。

温岭女子爱美，爱生活，有很强的适应能力，她们很现实，也懂得浪漫，但她们不会以浪漫的名义折腾生活，温岭女人有主见，做事干练，遇事能独断，在取舍之间，能坚守自己的眼光与判断。在情感上，她们既不会贪婪地傍大款，也很少浪漫到跟情人私奔，她们知道自己需要什么，有自己的生活尺度，对自己的人生有足够的把握。她们相信纯真的爱情，但绝不会幼稚到回头去寻找青春岁月里那个让她心动的背影。她爱你时，可以为你献出整个身心，一旦不爱，就敢挥剑斩情丝，她们有自己的骄傲和倔强，也有一颗强大到敢于抗拒和放弃的心灵。她们吃起苦来比谁都能吃苦，但是有条件享受时也绝不会亏待自己。她们对生活的要求普遍较高，不满足于现状，永远处于进取的途中。她们对新鲜事物抱着高度的热情和敏感，她们亦步亦趋紧踩着时代的鼓点行进，她们是不会被潮流淘汰的一群人。

率真热情的天台女人

如果用一种花比喻天台美女，云锦杜鹃最是合适，别地方的杜鹃是灌木，而天台山的杜鹃偏长成了乔木，一到暮春时节，满树繁花，灿若云霞。天台美女一如华顶山上的云锦杜鹃，灿烂明艳，热情洋溢。

总感觉天台这个地方阳气甚重，可能是水土使然。

像临海一样，天台的文化底蕴深厚，不过，与临海温文尔雅的城市性格相比，天台这个地方，因了众多性格各异的学者大师、文人墨客，显得更加生动一些。如果说临海是一位一板一眼的儒者，那么天台给人的感觉则是一位不拘小节的名士。你看，天台的历史文化名人中，无论是一代宗师智者大师、天文地理无所不知的紫阳真人，还是嬉皮士的祖师爷寒山子、好打抱不平的酒肉和尚济公，抑或是爱玩蟋蟀的丞相贾似道，个性都是鲜明生动的，抹去历史的尘埃，他们的面目在千年后还是那么清晰。

天台之地带有仙气，这里是唐诗之路的最后一站，天台有着全台州最美的山水风光，被天台山水勾引得魂不守舍的文人墨客数不胜数，辞赋家孙绰、书圣王羲之、诗仙李白、理学大师朱熹、地理学家徐霞客都曾在天台的山水间游走，仅唐代就有三百多位诗人慕名而来，留下无数吟咏天台山的诗句。在这些千古绝唱中，无论是李白的“龙楼凤阙不肯住，飞腾直欲天台去”的大气豪迈，还是汤显祖“春光一夜无人见，十字街头卖杏花”的淡雅清新，无论是贾岛的“石涧双流水，山门九里松”的疏淡峻美，抑或是孟浩然“日夕望三山，云涛空浩浩”的意气风发，都让人一咏三叹。在天台的任何一处景点游玩，不经意间总会看到那些过往文人雅士留下的雪泥鸿爪。与临海人动不动拿文化说事相比，天台人在这方面显出满不在乎的劲儿。

天台是个出美女的地方。《西游记》就有“妖娆娇似天台女，不亚当年俏妲姬”之句，可见天台女子美得不俗。在天台的山水间徜徉，没准会遇到美丽多情的天台仙子。要知道，中国古代最早的“人神恋”传说之一“刘阮遇仙”就发生在这里。汉明帝永平五年(62)，剡县刘晨、阮肇入天台山采药迷路，在桃花流水处邂逅两位美丽多情的仙子，被邀入洞府，结为伉俪，“云鬓翠黛流苏帐，伉俪不殊人世状”。半年后刘阮返乡，人间已历七世。刘阮遇仙的故事非常有名，美丽多情的天台仙女是男人心目中的梦中情人。清朝某年的科举考试，作文题目就叫《天台仙子送刘晨阮肇还乡赋》，考生李鸿章在那年应试，写了这样一段话——“遇真奇遇，亏他前世能修。享此清福，可赋白头，共结丝罗，自必是天长地久，同偕琴瑟，应不致云散风流。”因了这篇满纸卿卿我我的应试作文，他被录取为第一，成为一名秀才。刘阮的艳遇至今还挂在男人的嘴边，天上的仙女很难遇到，但在山水间遇到“清水出芙蓉，天然去雕饰”的天台美女，那是常有的事。

“天台古称乐善之邦，民俗俭而勤，民性淳朴而强悍重义。”因为阳气甚重，这座城市的性格在火爆中凸显耿直，豪放中展现直率。一般来说，阴柔的城市出美女，像苏州、杭州、扬州，都是公认的女性化的城市，以美女众多而著称。而像天台这样一座硬朗的城，美女竟然也有那么多，只能说它的山水太能滋养女人了。近年来在各类选美比赛中，时常可见玉环美女、天台美女的身影。天台才子陈虹曾经拍过一张照片：在呈梯田状的茶园里，两个秀美的天台女子拿着茶壶在倒茶，表情温婉，她们像天台山上的云雾茶，有着碧绿鲜活的颜色，的确能代表天台美女的风情。

热情好客

天台是个古意盎然的地方，至今在天台的广大农村，红白喜事还有复杂的流程与讲究。而乡野老人一开口，亦颇有古风。

天台女人最是热情好客。她们待人接物的礼节礼貌都做得非常到位，简直滴水不漏，不管是故友至交，还是初次见面，她们未开口唇间先带三分笑，周全的礼数让人有如沐春风之感。无论是沾亲带故还是八竿子打不着的人找上门来，天台女人基本上都能做到高接远迎，在天台，你不知道什么叫人情淡薄。

天台女子的热情好客有着良好的口碑，天台人称之为“接客门风”。你到天台人家里做客，可以享受到在别的地方享受不到的待遇。天台女人招待客人，不是拿陈茶用热开水一冲了事，而是郑重其事地请你喝鸡子茶或者桂圆茶。鸡子茶桂圆茶说是茶，实则更像是进补的点心，前者是鸡蛋豆腐皮做的，后者是用桂圆肉冲泡而成的。

天台女人待客真诚，不会玩心眼，这从招待客人时的鸡子茶就可以看出。本来鸡子茶中的鸡蛋打成蛋花，一个鸡蛋冲一碗“茶”也绰绰有余了，蛋花打散后“占地面积”大了，既显得面子有光，又显得热情好客，还能省成本。但天台女人心眼实，碗中的鸡蛋全都是整个的，一碗鸡子茶，少则两三个鸡蛋，多则四五个鸡蛋，客人没喝上一口，先有一股暖流在心中流淌，感受到人家真诚的待客之心。现在到城里做客，未必都能喝上鸡子茶，年轻的女主人可能给你上饮料水果什么，但是到农村去走家串户，招待你的还是鸡子茶、桂圆茶。如果多走几户人家，这一家一碗鸡子茶端上来，十来个鸡蛋吃下去，把你撑得够受的。据说常有外地女婿跟新媳妇到乡下走亲戚，喝了太多鸡子茶，以至于消化不良。天台女人待客之热情，让人如沐春风，有时也让人招架不住。我在天台访友，正好赶上另一拨朋友在她家搓麻将，女友硬要留我搓麻将，拉扯之间，差点将我的衣袖拉脱。有一次到天台朋友家时快到饭点，女友一定留我吃饭，我说要赶回家去，饭就免了，惹得她大为生气。最后，在她家酒足饭饱，才得以脱身。

天台女子不但待人热情，而且十分讲义气。她们重情重义，如果是知己，她们甚至愿意为你两肋插刀。有什么难处，但凡你开了口，只要力所能及，她们都会倾尽全力帮助你。为了帮你解决一件她无力解决的事情，她可以打上几十个电话，辗转托上十几个人。

心灵手巧

“要想俘获男人的心，先要俘获他的胃”，天台女子深谙此道，她们的好厨艺成为攻克男人心和胃的利器。天台女子都是巧手媳妇，个个乐于下厨，人人都是高明的面点师。一团面粉，在她们的巧手下，可以变成糊拉汰、饺饼筒、扁食、麦饼、鸡子面等等。论面食上的功夫，台州别地方的女子，都不及天台女子的手巧，就是全中国，也没几个地方可以与天台女子相比。天台的巧手媳妇，能在十几分钟内，把面粉变成面条，把一团糨糊似的面糊，变成糊拉汰或麦饼。如果你喜欢吃面食，娶个天台妹子，保你一辈子有享不尽的口福。

天台女子不但心灵手巧，而且特别勤快，一天到晚手脚不停。在天台农村，女子基本上包揽了所有的家务，男人只要忙完地里的活，天塌下来也不管，就像北方那些十足的大老爷们。一直到现在，天台男人在家大多心安理得地当着甩手掌柜，偶尔下次厨，必会引来“某某那姆”发自内心的感激。有客上门，“某某那爸”自管自在外与客人大口吃菜，大碗喝酒，大声吹牛，“某某那姆”在厨房里忙得满头大汗，烧出一盘一盘好菜送上来。

天台女子那种对夫君的恭顺，也是台州别地方的女子中少有的，特别是天台的农村妇女，都是丈夫说东绝不说西的人。在城里，中年以上的女人对夫君的态度也是相当恭敬，虽说不是凡事“印随你”般低眉顺眼，但天台男人回到家，可以享受到充分的权威，在家说一不二，所以天台男人的自我感觉都相当好。天台女人都是大嗓门，但只要自家男人嗓门一大，她们的嗓门立即小下去了。天台男人很享受在家的这种权威，当外地媳妇抱怨天台男人不干家务时，天台男人理直气壮地对外地媳妇说：“天台男人不干家务是祖传的。早先在天台，宴客时，你们女人是不能上桌的。你看现在，每回宴客，你们女人都上桌了，你们要知足。”听了这些话，外地媳妇常常很难接受。而天台女人，早就习惯了自家男人这种做派，不会有任何的怨言。当然，在年轻一代组成的小家庭中，丈夫的绝对权威有时难免受到挑战，但是那种女主内男主外的感觉，还是较别处明显。

天台女子不事雕琢，在她们大胆纯净的目光中，你见不到矫揉造作，她们很少像别地方的美女，喜欢以手掩嘴做娇羞状，她们想说就说，想笑就笑，就像醉卧花丛中的史湘云一样，娇憨而自然。

天台美女，看上去不怎么浪漫，不过一旦浪漫起来，可以不要命。有一次，我从天台城关开车去石梁景区看风景，半路上，竟然看到一对新人倒在马路中间拍婚纱照，前后都没有任何提醒标识，而车来车往，他们视若无睹。

天台女人骨子里有些劳碌命，她们性格坚韧，吃苦耐劳，却不太懂得享受，也不太舍得花钱。天台女人很少撒娇撒痴，不像有些地方的女人，受点累吃点苦就做娇滴滴状，以博得丈夫的爱怜。她们习惯了默默承受，以至于她们丈夫习惯了她们的付出，有时还觉得自家女人不解风情。

性格刚烈

天台女子的性格中有一种毫不含糊的极端，她们性格中刚烈的一面一点不亚于天台男人。一位天台老妪因为腿脚酸痛，到一家专业推拿店做推拿，推拿师在对老妪腿部的穴位进行按摩时，这位六旬老妪误认为按摩师吃她“豆腐”，大骂按摩师耍流氓，跳下按摩床便对按摩师施以老拳。后经劝解，知道是误会一场，于是道歉。年过六旬的天台老太太性格都这么生猛，年轻女子就更不用说了。

天台女子吃得起苦，却受不得窝囊气，有着炮筒子一般的直脾气，一点就着。天台女子的性格有点咋咋呼呼，她们敢爱敢恨，宗族观念特别强。她们对人好起来不顾一切，恨不得掏出一颗心来，但一旦惹恼了她们，她们横眉怒目的样子，也够让人受的。天台女子既勤劳又勇敢，勤劳时可以里里外外一把手，至于勇敢，更是没得话说，有时气急败坏了还会找人干上一架。天台的一些女中豪杰在婚姻上受了骗，绝对有可能让对方落得个白刀子进红刀子出的下场。要知道，天台民风强悍，早些年天台相邻村庄搞械斗，冲锋陷阵的虽说是天台猛男，但女人们也没少亲临一线，端茶送饭，的确是见过阵脚的。

天台女人嗓门很大，哪怕那些长得千娇百媚的，一开口也是哇啦哇啦，她们的喉咙好像按了个天然的扬声器，也许是天台话太过硬朗，也许是天台女子太有主见，她们的语气不太温柔，心里再是恭顺，跟“某某那爸”说话也好像下达红头文件或者下发通知似的，婚后她们嗓门比婚前还要大。如果在十字马路或在酒店饭馆看到两个天台美女在叽里呱啦推推搡搡，你千万别以为她们在争风吃醋，或者是什么原配找二奶算账，其实她们是在争着买单。

天台男人长得敦实高大，而天台女子从外表看并不显得柔弱，我在天台街上，就时常见到高挑秀美的天台女子，一阵风似地从我身旁走过，带着天台女子特有的意气风发。

都说女人如花，如果用一种花比喻天台美女，云锦杜鹃最是合适，别地方的杜鹃是灌木，而天台山的杜鹃偏长成了乔木，一到暮春时节，满树繁花，灿若云霞。天台美女一如华顶山上的云锦杜鹃，灿烂明艳，热情洋溢。

清新活泼的仙居女人

仙居有真山水，有天然去雕饰的真美女，的确是让人流连的好地方。年轻的仙居妹子，像刚采摘下来的杨梅，有着酸酸甜甜的动人味道；及至年数稍长些，又像浸过酒的杨梅，余味悠长。

“云山已作蛾眉浅，山下碧流清似眼”，这是秀美的仙居山水和仙居妹子的写照。从青山绿水间走来的仙居美女，自有一份脱俗的清丽。

在仙居成为“著名的旅游城市”之前，由于地偏一隅、经济落后，仙居妹子的生活形态很少进入人们的视野。十几年前我到仙居采访，在大街上看到的是一张张朴实无华甚至略带土气的脸，心想仙居的美女可都藏到深山冷岙里去了？直到有一天，路过朱溪看到一仙居妹子，一张俊秀无比的脸，一双深得像潭水的眸子，美得清新脱俗，随同一夫子当即赞道：果然是深山出俊鸟啊。陪同的当地领导得意地说，“横溪泡齑，朱溪度娘（度娘，台州话，大姑娘）”，横溪因小吃泡齑而有名，而朱溪以美女出名。

这些年仙居的名声越来越响，再到仙居走上一遭，发现小县城跟时尚的距离拉近了许多，美女的气质也越来越好，一夜之间这个小城好像冒出不少美女，走在大街上，迎面冷不防就会撞上一个美女，袅袅婷婷，巧笑倩兮，美目盼兮。

仙居因仙闻名。仙居之县名，得益于当年宋真宗以其洞天名山，屏蔽周围，而多神仙之宅，下诏改名仙居。宋真宗金口玉言一句话，让仙居人在“仙”字上做尽文章，什么“来一回仙居，游一回仙境，做一回仙人”。不仅如此，仙居杨梅被称作“仙梅”，仙居针刺无骨花灯称“中华第一灯”，是“仙灯”。仙居人骄傲地称自己是仙人，那么，仙居女人自然就是“九天仙女下凡尘”的仙女了。

很多人未到仙居前，只道那里是“山旮旯头”，言辞间颇有些轻视，等到永安溪上漂一漂，仙居绿道走一走，杨梅果酒喝一喝，油菜花地看一看，“仙居八大碗”吃一吃，仙居美女瞅一瞅，对仙居的印象立马调了头，一个个伸着大拇指夸道，此地果然有仙气，不愧是仙人居住的好地方啊。

轻灵秀美

仙居是山清水秀的好地方。仙居的师兄自豪地跟我吹牛说：我们仙居空气质量多少好啊！你在仙居一天吸到的负氧离子，抵得上你在办公室一年吸到的负氧离子量。

仙居人有眼光，善于抓住机会，用别地方人的话来说，是“会来事”。戏谑间，常有人把仙居人称作“仙居银”，因为仙居是全国最大的白银集散地之一，也有人开玩笑说仙居人为“仙鬼人”，因为仙居人善于审时度势。若以山水论之，台州九个县市区中，天台、仙居的风光最美。聪明的仙居人善于宣传和推销自家的山水，有远见，有眼光，从早些年的走街串巷卖烧饼、卖油漆、开干洗店，到近几年大打旅游牌，推出原本藏在深闺人未识的神山秀水，这个籍籍无名的偏僻小县城，凭着神仙居、永安溪、绿道、仙梅和三黄鸡，后来者居上，名气大震，在旅游上的风头几乎盖过了天台。以至一到双休日黄金周，上海人南京人直奔这“仙人居住的地方”来。

仙居是个阴柔的地方，虽然有山有石，给人的感觉却不那么硬朗，得益于秀美山水的熏陶，仙居女人的气质普遍好过男性。永安溪流动的溪水带给仙居妹子清丽之美，神仙居缥缈的云雾让她们的眉宇之间又有一分轻灵之气。如果说临海的女人像江南丝绸，水一样的滑腻、烟一般的轻软，仙居的妹子，则像是蓝印花布，清爽又质朴，带着乡野的气息。

一到春天，到仙居踏青的人特别多。仙居的春天很美，从白塔镇到神仙居景区，沿路三千多亩田野，大片金黄色的油菜花漫开来，淹没了田野村庄和房屋，与神仙居景区远离喧嚣的青山绿水交相辉映，犹如置身于仙境。

仙居人营造出的大地景观，成为乡村旅游的一种热门方式。仙居人在推销山水的同时，也让更多的人领略了仙居美女的神韵。

雨后淡竹

在这个山清水秀的仙人居住之地，仙居女人生活得相当自在。仙居女人是幸福的，由于开发得晚，这个小县城还保留着固有的、悠然自得的纯朴，这里的生活不似拧紧的发条，而更像一个有条不紊的沙漏。仙居女人闻到的是清冽的空气，看到的是满目青山，她们没有太大的生活压力，也较少有那种在城市的钢筋水泥间拼杀后的疲惫感。

对仙居女人，外人印象最深的恐怕还是那些导游。这些二十岁上下的仙居妹子，颇能代表仙居女人的活力，她们像林中的梅花鹿，大方的表情带着点野性的气息。她们的嘴唇红润而健康，眼神清澈而纯真，她们就像雨后的淡竹，清新动人，像永安溪上的清流，纯净自然。她们是原生态的植物，在青山绿水间尽情地舒展着自己的美丽。她们乍看上去算不上美艳动人，却越看越耐看。她们的身材大多苗条，用现在流行的词来说是骨感，但骨感给人的感觉有两种，一种如乱石嶙峋的荒山恶岭，另一种是仙风道骨般的飘逸，仙居妹子给人的感觉就是后者。在女人成群的地方，仙居妹子也许不是最先吸引你注意的那个，但却是最令人回味的那一个。

台州是水果之乡，各地都有自己的特色水果，但是黄岩没有柑橘仙子，路桥没有枇杷仙子，玉环没有文旦仙子，温岭也没有高橙仙子、甘蔗仙子，唯独仙居有杨梅仙子，而且因为其特有的风情让这个小县城变得鲜活生动。由于宣传得力，仙居成为江南最有名的杨梅产地之一，杨梅丰收季节，杨梅树下采摘杨梅的仙居妹子与满树红果一样，成了游客眼中的江南风景。每年一届的杨梅仙子评选，成为当地的一大盛事。虽然评出来的“顶头杨梅”未必是本城最漂亮的姑娘，但个个都清新可人。这些个穿泳装的杨梅仙子，依摄影师的要求在永安溪上摆出各种姿势，面对长枪短炮，虽然还有点缩手缩脚放不大开，神情也略带羞涩，但这种小家碧玉的羞涩，比那些豪放女的大胆更能打动人。

竹筏上的刘三姐

仙居妹子的才艺颇让人称道。在各类选美及文艺赛事中，仙居妹子都有不俗的表现，别看她们生活在小县城，但内心有很深的文艺情结，她们也很有文艺素养，生活得很有格调。仙居女人很重视对孩子的才艺培养，什么舞蹈班、音乐班、钢琴班、笛子班、二胡班遍布仙居街头，当妈的大多舍得花银子让孩子学上两门才艺，这其中当然有让孩子成名成家的愿望，但更多的妈妈则是将其当作孩子的基本技能来培养。

仙居长期的民间文化活动，形成富有地方特色的民间艺术。如卷地龙、长板龙、跳跳马、叠罗汉，以及各类民歌小调都久传不衰。受此熏陶，仙居妹子张口就会来几曲山野小调，外地游客也不必大惊小怪了。仙居举办过全国首届南北民歌擂台赛，来自全国各地的民歌手放歌永安溪上，仙居民歌手的出色歌喉，曾使刘三姐的扮演者黄婉秋大加赞赏。

在山水怀抱里放歌的仙居妹子，留给我十分深刻的印象。她们被称为“竹筏上的刘三姐”，确有几分刘三姐的神韵。她们的嗓音脆生生的，那歌声轻快而流畅，不见风情却有种天然的质朴。有一次在永安溪上漂流，正是空山新雨后，氤氲之气中见到几个仙居美女，感觉就像山花般的朴实浪漫。竹筏漂流着，而歌声就在山水间游走，让我为之心醉神迷。

仙居的导游妹子能歌善舞，只要游客要求，她们张嘴就会脆生生地来一首，仙居妹子一开腔，嗓音细细尖尖，虽然没有受过专业训练，但歌声婉转、清丽、嘹亮，真像春天林间的鸟啼，那份山水滋润出来的甜美很是让人心动。仙居妹子用这种毫无雕饰的声音，唱出一个不染烟尘、不饰雕琢、水灵灵的世界。竹筏上那张雨后新绿般素净的脸，和尚未被现代文明完全浸淫的原生气息，映照出她们内心的宁静，也映照出这个地方的美丽。

仙居女人不仅唱起歌来动听，说话也有极强的艺术表现力。我有一朋友是仙居人，每次听她说话我都忍俊不禁，比如，仙居女人把不中用的人称为“屙块”，说一个人无责任心则是“拉尿凭天倒”，某人时运亨通则称他为“黄蒲鳝化龙”，把那些自我感觉良好的人说成是“烂冬瓜自称花”，说得像唱得一样好听。仙居女人就连骂起人来也如行云流水，比如，对于那种外强中干的人，仙居女人会称他为“叩头”；对于蛮不讲理的人，仙居女人会叫他“旁生”。曾有一仙居美女，一面微笑着跟一位男生握手，一面夸他是个“小旁生”，那个中招的男人，居然把一张丑脸笑成了一朵花。

外柔内刚

在生活中，仙居女人有自己的主张，但又能恰到好处地照顾到男人的颜面，对男人有相当的依赖性，但又不像藤一样完全依附在男人身上。在待人接物上，她们自有尺度，用仙居话来说，“八尺板头站得牢”，她们不太会走极端。仙居某男结婚，新婚时，初恋情人送来一对绣着鸳鸯戏水的枕头当作礼物。其实，初恋情人别无他意，仅表祝福而已。某天，老公说漏了嘴，老婆得知枕头是老公的初恋情人所赠，妒火中烧，操起大剪刀就把枕头剪成几块。剪下的枕头布，她拿来给孩子当了尿布——她要用孩子的尿，把老公的情火浇灭。仙居女人即便吃醋，妒火也就烧到这里为止，不大会酿成熊熊大火。

跟天台女人一样，仙居女人身上还保留着许多传统的美德，她们侍奉丈夫，孝敬公婆。出嫁后，即便再苦再累，哪怕家里的顶梁柱倒下，她们都会尽力默默地支撑起一个家来。仙居女人属于外柔内刚的那种。她们跟着夫君出门，卖豆腐、卖烧饼，做着小本生意，在异乡闯荡苦多于甜，但她们极少抱怨。她们外表柔弱，实际上承受力和忍耐力都很强。我在临海读高中时，老电影院门口有一烧饼摊，卖烧饼的是仙居夫妻俩，每天放学，我都会买一个喷香的烧饼咬着回家，但几年下来，我始终没跟做烧饼的仙居女人说过一句话，每次见到她，她都在默默忙碌着。仙居女人的坚忍给我留下很深的印象。

仙居人很讲面子，这从近年来大行其道的产品包装上就可见一斑。仙居人很有一手，他们很擅长包装，仙居的山山水水全都经过精心包装，土特产中的三黄鸡、杨梅之类的不必说了，连山笋、绿豆面、野菜也包装得漂漂亮亮，哪怕一块烂番薯，也包装得金玉在外。但仙居女人在包装自己上却没有下多大的功夫，仙居女人以素面朝天的居多，即使化妆，也多以淡妆示人，中年妇人几乎很少有化妆的。一到冬天，仙居女人把自己裹得严严实实，层层叠叠的衣服一件套一件，要温度不要风度。不像温岭、椒江的年轻姑娘，即便脸蛋冻得发青，为了显示身材，大衣里面也只肯穿件羊毛衫。其实，仙居女人只要肯花心思打扮，个个都是有模有样的，细细看去，她们的眉眼如仙居的山水一般清秀动人。

仙居的妹子长得水灵灵的，而仙居男人跟仙居女人相比，成色就差一些。仙居男人看上去都有股憨厚劲儿，面部表情不很丰富，喜怒哀乐都是同一种表情，好像愚顽不化的石头，而实际上，仙居男人都是相当的精明和聪明。仙居这地方的山水，滋养女人而不滋养男人，男人只有离开仙居，才能大展拳脚。

仙居人常说:“老实人三分亏明吃。”但是,仙居人嫁囡还是喜欢嫁给老实人,因为仙居人相信,“吃亏之人长长在,滑头之人总要栽”。女孩子喜欢长得帅的男孩,当妈的就会语重心长地教育女儿:长得帅有“啊些”用,消费完了能用那张脸去刷卡么?还是老实人靠得住啊。

在仙居皤滩古街,有一座上百年的古祠胡公殿,至今还供奉着赫赫有名的胡公大帝。胡公,叫胡则,是北宋一位忠臣,因他功德在民,殁后又屡显灵异,捍卫乡邑,在百姓眼里,胡公是“有求无不应,有祷无不答”的大帝。胡公的信奉者遍及浙中、浙东、浙南,影响远播皖、赣、闽等周边省市,是江南最大的地方神之一。这胡公大帝的贤内助,就是仙居皤滩人氏。我国台湾赫赫有名的亲民党主席宋楚瑜,他的夫人陈万水,也是地道的仙居人。这一古一今两位女人,说明仙居女人虽藏之山野,却出得厅堂。仙居女人是合格的贤内助,有了她们的支撑,小家永远充满温暖。

仙居有真山水,有天然去雕饰的真美女,的确是让人流连的好地方。年轻的仙居妹子,像刚采摘下来的杨梅,有着酸酸甜甜的动人味道;及至年数稍长些,又像浸过酒的杨梅,余味悠长。

水灵秀美的玉环女人

玉环女子不但是水做的，而且是用优质的带有微量元素的矿泉水做的，否则何以个个都是眉如翠羽、肌如白雪，那白白嫩嫩的皮肤几乎吹弹可破，嫩得似乎可以掐出水来；她们生活得惬意简单，在“面朝大海，春暖花开”的家乡，她们自得其乐，快乐着自己的快乐，幸福着自己的幸福。她们是真正水做的骨肉，她们就像海底的一尾尾鱼，自在地游走在熟悉的乐园里。

玉环美女是花魁

“玉环者，洁白无瑕，润美至雅，环水之宝地也。”玉环县名源自海岛奇观：晨雾绕岛，形状如环；上有流水，洁白如玉。《太平寰宇记》记载：“上有流水洁白如玉，因以为名”——玉环由此得名，而非外人猜测的跟唐朝的杨贵妃，即杨玉环小姐有什么瓜葛。

玉环是块福地，这里盛产各种海鲜和水果，这里的女子也是出了名的漂亮。若台州九个县市区来个美女排行榜，玉环美女独占花魁无疑，玉环美女中尤以鲜迭、坎门女子为最。

都说女儿是水做的骨肉，如果这句话属实的话，那玉环女子不但是水做的，而且是用优质的带有微量元素的矿泉水做的，否则何以个个都是眉如翠羽、肌如白雪，那白白嫩嫩的皮肤几乎吹弹可破，嫩得似乎可以掐出水来，用一句广告词来形容，那就是“白里透红，与众不同”。在台州诸县市区中，玉环女子是水色最好的。不但女孩子，连小伙子的皮肤也格外白净细腻，真是怪哉。甚至这里的老妇人，也不像别处的老太太面如枯槁，她们的皮肤照样白皙。奇怪的是，同是海边城市，椒江女子的皮肤就显得粗糙暗沉，而浓烈的海风却吹不黑玉环女子的肌肤，这不能不说是上天对玉环女子的垂爱。

玉环盛产美女，自有它得天独厚之处：玉环冬暖夏凉且四季分明，空气清新，湿润温和的海洋性气候，滋润着玉环女子娇嫩的肌肤。这里微湿的气候，好过最昂贵的护肤品。玉环美女不化妆，脸色照样白里透红，不像别地的女子，卸妆后像脱了层皮似的面目全非。

除了气候原因外，当年福建、温州等地渔民迁居玉环后，扩大了当地的通婚圈，因为移民引起的遗传进步，也是玉环盛产美女的一个原因。

玉环自古就是渔乡，有各类生猛海鲜。常吃鱼的人不但聪明，而且由于鱼的营养价值特别高，滋养得这里的姑娘也格外出挑而苗条。要知道，玉环人可以把鱼做成各种各样的菜点，烹鱼之术在台州首屈一指，那鱼圆、鱼面、鱼饼、鱼皮馄饨，鲜得让人“理屈词穷”。别的不说，单说面条吧，像天台等山地，最考究的面条，无非是揉面时，打两个鸡蛋进去，做成鸡蛋面，以招待新女婿和贵客。而玉环人是以鱼为原料做成鱼面，鲜得让人不知今夕何夕。做鱼面须费相当工夫：以鳗鱼、马胶鱼等“肉身”加精盐、料酒，放入淀粉内，在面板上用面棒慢慢敲成大片，然后烙熟，切丝备用然后入锅。在玉环常见的“鱼面”就有好几种，什么鸡汤鱼面、三丝鱼面、翡翠鱼面、清汤鱼面等，味道清口爽滑，鲜得要命。整天吃鱼的女孩子，焉有不聪明不漂亮之理。她们不但脸蛋漂亮，身材苗条，而且心思玲珑剔透。

玉环人自信，或者说有点自恋，我不止一次在酒场上听玉环人大声嚷嚷：天下最好的女人在玉环。那最好的男人在哪里呢？玉环男人大声道：当然也是在玉环。因为最好的女人总要有最好的男人配吧。不过，相比于仙居男人的土，天台男人的糙，玉环的男人，的确是“水灵灵”“鲜答答”的——有些玉环男人，唇红齿白，皮肤简直吹弹可破。虽然这几个词语通常用来形容曼妙女子，不过放在玉环男人身上，大家都觉得蛮适宜的。

好酒量好性格

玉环是全国十四个海岛县之一，县城就在岛上，四面环海，无论从哪个地方望过去，总是沧海茫茫。岛上居民“以海为田”，早些年，生活在这里的人都以打渔为生，人在浪里行，常有风险伴，在海上漂泊的渔民有很强的宿命感。因此，玉环女人对闯荡江湖、人生无常变化的理解，也比别人深刻得多，她们看得开，更放得开，对人生的态度可以用两个字来概括——豁达。因为生活在海边，她们见多了台风、惊涛与骇浪，不太会惊惊咋咋。她们见多了生离死别，所以万事也就拿得起、放得下。玉环女子受条条框框教条礼数约束的不多，她们对人生看得开，对感情也有特立独行、一往无前的勇气。碰到自己喜欢的男人，可以抛家舍子义无反顾。

这里的男人喝酒个个是海量。据说一般人到玉环轻易不敢喝酒。可能多是渔娘的后代，玉环女子性格也比较外向，玉环女人做事豁得出，酒量也了得，喝起酒来放得开，能喝半斤的绝不会只啜一口，更不像别地方的女子，为了不喝酒编造出匪夷所思的理由来，喝到尽兴时，她们甚至会撸起袖子跟你划起拳来。

别地方的女子坐月子吃姜汤面之类，玉环女子以酒为补品，只要家有产妇，必有几瓮好酒。玉环女子在月子里，谁没喝过几十斤的上好黄酒呢！玉环女子的月子是在酒香中度过的，她们坐月子吃的索面，面汤里有一半是酒。一坛黄酒轻的二三十斤，重的五六十斤，一个月子坐下来，几十斤黄酒下肚了，补得珠圆玉润，粉脸透红。就算不会喝酒的，一个月子坐下来也会喝了，那些会喝酒的呢，更是视喝酒如喝水了。早时港北人逢嫁女，必备家酿酒，民间贺寿、新屋落成也送酒，至于节庆宴饮，更是少不得酒。玉环人把赴宴称为“吃酒”，可见无酒不成宴。

玉环男人酒量了得，玉环女子的酒量同样不可小觑。有这样一句话，在酒场上跟玉环女子挑衅，那是自寻死路。有不信邪的若出来单挑，自己喝趴下了，玉环美女照样面不改色。据说有些酒量了得的玉环女子，口渴了竟然拿白酒当饮料喝。我开始以为夸张，到玉环出了几次差，见识了她们的酒量后，不得不信。会喝酒的女子性格多半爽直，玉环女子的性格也十分明朗爽快。

引领时尚

玉环是台州最南边的一个县，但玉环人给人的感觉好像不太像台州人，他们更像是温州人和福建人。不少玉环人讲普通话，好像广东人讲普通话一样，都是口齿不清，比如“发挥”他们习惯地讲成“发飞”。最有名的段子则是“玉环混蛋没有娘”（玉环文旦没有果核）。玉环话真难懂啊，泰戈尔有一句诗：世界上最遥远的距离，不是生与死的距离，而是我站在你面前，你却不知道我爱你。玉环人说，世上最遥远的距离，不是生与死的距离，而是我站在你面前，跟你用玉环话调情，你却听不出我爱你。

玉环话虽然难懂，但玉环人很有语言天赋，玉环人能把闽南语、温州话、太平（温岭）话混杂着，十分自如地使用。玉环朋友说玉环有二十多种方言，我觉得有点夸张，但玉环公认的的确有七种语言：普通话是官方语言，其余为太平话、闽南话、温州话、平阳话、乐清话、新化话六种地方语言。我的玉环朋友，个个都能说会道，口才一流，能把死的说成活的，活的说成仙的。我跟玉环的女友聚会，其间她接了几个电话，对不同的人，她一会儿用温岭话，一会儿用温州话，一会儿用闽南语，几种语言切换得十分自如，听得我一愣一愣的。

玉环人把“屿”字读成“市”，玉环的陈屿、大麦屿，在玉环人的口中，就是“陈市”“大麦市”，外人听着，以为玉环是个很大的城市。有个玉环人，在外当兵时喜欢上了一个女孩子，他上门提亲，准丈人丈母娘一见玉环小伙子长得一表人才，先有了三分欢喜，又听说玉环是全国百强县，那里人爽钱多，小伙子家又住在一个叫“陈市”的城市里，一下子就同意了。等女孩子到婆家一看，原来这个“陈市”是个小乡镇，它不是“陈市”，而是陈屿。女孩子嘟着嘴怪玉环小伙子骗人，玉环小伙说：“我咋骗你啦，我是说陈屿呀，我们玉环人的‘屿’就是‘市’。”虽说外地女孩子有点小误会，但因为玉环小伙子帅气又有一副好脾气，她还是开开心心嫁过来了。

玉环地方不大，走几步就有酒吧、KTV，要不就是慢摇吧、足浴店，玉环人自豪地说，玉环人生活质量高，休闲娱乐场所的密集度之高在全浙江省甚至全国都堪称前列。

如果以为玉环是小地方，小地方的人穿着大多落伍，那就错了。玉环虽是个小小的县城，但离时尚很近。这里跟温州是近邻，温州吹过来的时尚洋风，很快就会感染到这里。什么喇叭裤、蛤蟆镜、大包头，当年最早都是在玉环出现的。玉环人男男女女都舍得在穿着上花钱，何况这里还有个大麦屿，除了有摩托车、手表、“毛片”之外，进口的服装也不少。十几年前，别说台州的乡镇干部，就是县里的干部出来，给人的感觉都是土老帽一个，可是玉环一个旮旯头出来的村干部，照样“有型有款”。玉环人长得洋气，穿戴也洋气。玉环女人老早就知道什么是超前消费，就算家里没钱，金戒指什么的先戴着再说。她们很想得开，现在家里没钱不假，但是一网下去钱不就从海里捞上来了吗？所以，玉环县城虽小，离潮流却很近，时装店一个接一个，更别说什么咖啡馆、茶吧之类，大城市有的，这个螺蛳壳大小的地方一样也不少。出没在时装店、咖啡馆的玉环美女，对最新的时尚信息总能敏锐地捕捉到。

带着海潮的气息

玉环女子世代生活在海滨，她们的身上糅合着海边风情。她们美丽，并不招摇，她们自然大方，带着一种海潮的气息，让人感到充满自信与活力。她们有时像春潮涨水，带着奔涌的激情，更多时像退潮后平静的海面。她们可以大口喝酒，也会在茶吧里安静品茗。玉环女子富于才情，玉环有岩雕、贝雕、根雕，还有渔民画会、曲桥文学社、诗词学会、石榴印社、海角摄影学会之类，如果说过去的老一辈玉环人给人以粗犷的印象，现在的玉环人多给人留下细腻的一面。这里不少女孩子都爱好文艺，有文艺小清新气质的美女很多。

玉环人是台州九个县市区里最自信的人，吃点面干，他们会说，玉环的面干最好；吃个柿子，他们又说，玉环的柿子最甜了。至于文旦、海鲜什么，更不用说了，反正都是“最”字开头。甚至老婆，他们也觉得是自家的最好——玉环人经常把老婆挂在嘴边，这跟别的县市区的男人有很大区别，台州男人很少把老婆挂嘴上的。不过，玉环男人的确会哄女人开心。在大排档跟朋友喝完小酒聊完天，临走时，不忘带份炒面给守候在家里的太太的确是玉环人。玉环男人爱家爱妻，有这样的男人，玉环女人的幸福感要比别的地方的女人强一些。

玉环女人皮肤好，身材娇小玲珑，有典型的江南女子的韵味。玉环美女是你了解玉环风情的最好视角。有一年夏天，我到玉环采访，晚饭后在海边散步，看到几个二十出头的女子在追打笑闹，玩着玩着，她们索性脱下凉鞋，那份洒脱就像海风吹在船帆上一样自然，妩媚活泼的玉环美女，的确讨人喜欢。走在玉环街头，一眼望过去，玉环女子普遍水灵秀气、五官精致，不单文化事业单位的女子朱唇皓齿、细腰雪肤，连机关里的女干部，看上去也不是严肃硬朗的。甚至这里的女民兵，除了眉眼间勃勃的英气外，更多的是藏不住的秀气。听当地人说，老一代的玉环美女穿着木屐行走在渔乡的石板路，的的橐橐的声音让人想起宁静演的大辫子姑娘，尽是渔乡的风情。

外人初到玉环，惊异于这个城市的狭小。的确，玉环是个小县城，整个县城显得局促，小小的海岛由于地皮所限，连山头都建起了房子，房子与房子之间间距很近，两幢楼的人伸出手都可以握到。外人看来，未免显得逼仄，但玉环女子在这个小地方，却生活得惬意简单，在“面朝大海，春暖花开”的家乡，她们自得其乐，快乐着自己的快乐，幸福着自己的幸福。她们是真正水做的骨肉，她们就像海底的一尾尾鱼，自在地游走在熟悉的乐园里。

质朴恬淡的三门女人

三门女人善解人意，乖巧温顺，作为渔家女的后代，三门女子至今还保留着质朴、传统的一面。

三门跟玉环一样，是个让贪吃鹫流哈喇子的海边小城。贪吃鹫们可能对三门的城市性格讲不出个子丑寅卯，但说到三门的蛏子、河豚、青蟹、望潮、跳跳鱼，贪吃鹫们无不饱含感情如数家珍。

每到周末，贪吃鹫们就会呼朋引伴直奔三门而去。泗淋和健跳一些渔家饭庄的清炖海鲜，的确让人食指大动。某贪吃鹫吃了三门的海鲜，直道是“欲仙欲死”——此乃人生快活的最高境界。尤其是清明前后，为了吃上正宗的河豚，台州的贪吃鹫们纷纷到三门拼上一命。

如果说龙是中国人的图腾，那么在我看来，青蟹就是三门人的图腾。也许有朝一日，三门人会把台州方言中的“龙煞甲”(很风光很厉害之意)改为“蟹煞甲”。的确，近年来，三门青蟹在海鲜中迅速“崛起”，成了海鲜中的当红小生，它不仅让三门人的腰包渐鼓，更让三门的知名度大大提高，成为中国著名的蟹乡。每到菊黄蟹肥时节，打着各种旗号到三门的人就多起来了。与临海人在高速公路上用巨幅广告文绉绉地宣称自己是“千年台州府，满街文化人”不同，三门人在高速公路的广告上，直截了当就是霸气的八个字——“三门青蟹横行世界”，一只巨无霸的无肠公子雄踞画面中，有舍我其谁的自信，也有扬扬自得的况味。

有道是财大气粗，由于三门的经济多年以来一直在台州垫底，所以三门人的气总粗不起来。其实三门的资源不可谓不丰富，一百多年前，意大利佬的眼光就瞄准了素有“陆有林矿之饶，水有鱼盐之利”的三门湾，在清光绪二十五年（1899），意大利驻华公使马丁诺就向清廷提出“租借”三门湾作为商埠码头。连国父孙中山也曾亲临三门湾一带考察，称健跳港为实业之要港，并在其所著的《建国方略》中，定三门湾为东方第九渔业港。在民国时期，有识之士就着手测量三门到义乌的铁路线路。这后两样中的一样能够落地开花，三门就不是今天的三门了。可惜的是，这都是纸上的蓝图、天上的馅饼，三门与金玉良缘一次次失之交臂，连木石前缘也不曾缔结，只落得几场空欢喜。

三门与天台同属台州北三县，在地理位置上，三门靠海，天台环山，在性格上，三门男人跟天台男人其实很像：厚道，老实，豪爽，有点闷骚。三门籍作家林淡秋和天台籍作家陆蠡都写过宗族间的械斗，在林淡秋和陆蠡的笔下，三门男人和天台男人一样，都显示出火爆阳刚的一面，只是在陆蠡的笔下，天台男儿更像是二愣子，血性更浓一些，性格也更暴烈一些。而三门女人跟天台女人相比，就显出性格的差异来，天台女人率真热情、利落爽快，而三门女人给人的感觉则是温和敦厚、善解人意。与同为海边县城的玉环相比，三门女人看上去质朴随和、乖巧柔顺，而玉环女人则显得风情万种、八面玲珑。

中规中矩

三门人朴实憨厚，给人的感觉就像邻居大哥，让你能够放心交往，他们厚道、重情、传统，为人不太精明，在观念上跟南边的人有较大差距。如果说南边的温岭人、玉环人想赚铜钿想得头发都空心了，那三门人的头发，则以实心的居多。20世纪30年代，电影《渔光曲》选择了三门的蛇蟠岛作为外景地，由王人美领衔主演的这部电影获得了莫斯科国际电影节荣誉奖，这是中国第一部在国际上获奖的影片，王人美主唱的主题歌《渔光曲》也广为流传。可惜的是，几十年来，三门人从来没想到好好用一用这块金字招牌。三门人厚道老实，只是勤劳有余，活络不足，忠厚有余，创新不足。那个有“千洞石窟”和“海上田园”之称的蛇蟠岛，面积与澳门相当，风景独特，但在很长一段时间里被遗忘、被冷落，直到最近几年，三门人才脑袋开窍，把它包装成海盗村、野人洞及“绿客老家”的度假村，并打出“千帆渔光曲，万象蛇蟠岛”的宣传语。而早在十几年前，头发空心的温岭人就把风光远不如蛇蟠岛、一座采矿后废弃的长屿峒天，包装成了国家4A级景区。

虽说三门青蟹横行天下，但三门女人善解人意，乖巧温顺，作为渔家女的后代，三门女子至今还保留着质朴、传统的一面。三门女人为人实在，性格平和，行为处事中似乎还带那么点拘谨。她们恋家情结浓厚，追求实际，不爱咋呼，不喜张扬，把小日子当大日子过。她们性格中有很大的随遇而安的成分，她们不呆板，但也不太活泼；不冲动，但也不太灵动。她们不像玉环女子，一开口，神采飞扬，眼波流转。三门女人举手投足之间，显得那么朴实，当地曾举办过一场“青春风采大赛”，在这场本应该热力四射的比赛上，参赛的三门美女，动作总是放不大开，轻颦浅笑、一举一动都是中规中矩的，总觉得少了几分活泼泼的伶俐劲儿。

三门女人为人实在，她们不太会玩心眼，心机不重，钻劲不足，没有大城市女人的古灵精怪、满腹机变，她们自自然然、朴朴素素。她们安静多于闹腾，忍耐多于冲动，坚守多于闯劲。她们不向往轰轰烈烈、惊涛骇浪的人生，她们希望的是能够守着温暖的小家、贴心的老公，安安心心、踏踏实实过一辈子。

三门虽然是个小县城，只有屈指可数的几家服装精品店，但三门人在穿上花起钱来毫不含糊。三门有句俚语，“千样万样，衣裳第一样”，他们相信人靠衣装。有一次我陪一位三门美女逛街，才走了两家店，她就花掉了一个月的工资，这让我对小城美女的消费观念有了全新的理解。在三门，虽然稍微上了年纪的大姐大嫂在穿着上都是走常规路线，但那些天生丽质难自弃的美女在穿着上就大胆多了，这些追赶潮流的小城美女，挑染着头发，穿着露脐装、透视装，在穿着打扮上竭力向大城市的潮女靠拢，从时装店出来的几个女孩，高扬着头，穿着紧而短的上衣，低腰的牛仔裤，颇有点领导小城时尚的派头。但太过洋化的时装在三门却穿不出效果，因为与小县城的风格不搭。

三门人一闲下来，就喜欢呼朋引伴到大排档吃吃老酒吃吃海鲜，三门有句俚语，“吃好睏好，万事呒告”，一到夏天，溪边的大排档，到处都是喝啤酒、吃龙虾的人。三门人好客，有朋自远方来，喜欢带他们去沙柳的三特渔村、泗淋的洞港、健跳的新星，再叫上一桌新鲜得不得了的海鲜。三门人厚道又朴实，看到远方来的同学朋友吃得心满意足、脑满肠肥，比自己吃撑了还要高兴，一个劲要他们“常来”。

三门人一有钱就想造房子，不少三门女人的理想，是拥有一间自造的立地房。三门女人恪守“嫁汉嫁汉，穿衣吃饭”的古训，如果这个汉子能够让她拥有一间立地房，那就是天底下最让她满意的丈夫。三门的经济在台州虽说是垫底的，但当地的消费水平却不低。三门人说

“朝南屋，子孙福”，整间造不起来先造一层，攒了钱后再造第二层，没钱先红砖瓦裸露着，有钱了再粉刷外墙。有了自造的立地房，三门女人就觉得自己的人生没有虚度，嫁汉子嫁得对了，这辈子也过得值了。

三门是个小地方，节奏很慢，很适宜过日子。小地方的好处，就是到处都是熟人，低头不见抬头见，要办事，拐上几道弯就能找到熟人，开车到路上，会见到老友，于是摇下车窗先唠上几句闲话，出门散步，会碰上同学，在半路上也会被拉到她家搓几局麻将。生活在小县城，好处就是人情味总是那么浓，坏处就是有丁点大的事，一顿饭时间全城都知道了，没有什么事能瞒得过七大姑八大姨的火眼金睛。

自得其乐

外边的世界很精彩，可是三门女人仍然不紧不慢地过她们的日子，按部就班地生活着，三门女子很想得开，比上不足，比下有余。经济穷县又咋啦，反正有领导操心着，天塌下来又咋啦，反正有高个子顶着。她们知足，因此能常乐。

经济原因限制了三门女子自身更大的发展，时代没有给她们更多在社会舞台上抛头露面的机会，她们就甘愿在家中做默默奉献的绿叶。她们恪守“相夫教子”的传统美德，更明白妻贤夫发达、家和万事兴的道理。三门女子很少把“爱”字挂在口中，却以无私的奉献表达内心的感情，她们的感情不是喷薄而出，激情洋溢式的，而如涓涓细流流淌不绝。前些年我在三门农村采访，就听到这样一个故事，丈夫沉疴在身，久治无效，感情弥笃的妻子竟然喝农药自杀，想以自己的死换取丈夫的生。这虽然有愚昧的成分在，但从中可见三门女人骨子里重情而传统的一面。你说三门女人保守也罢，痴情也罢，绝大多数的三门女子一旦跟定一个人，就从来没有想到过散伙，所以在三门这个小地方，女人们至今还把离婚当成丢脸的事。

三门女人是传统的，她们宁愿亏待自己，也要善待家人，默默地操持着家里的一切。她们的丈夫已经习惯了她们的隐忍和质朴，有时到了视而不见的地步，但作为女人，她们的内心也渴望浪漫的火花。不管西方情人节还是七夕中式情人节，花店的生意都很好，恋爱中的女孩子在这样的日子里，常能收到鲜花，而已婚女子就没有这等奢侈待遇了。一位渴望浪漫的三门女子在情人节前百般暗示老公送花表爱心，但七夕这一天却没等到想要的鲜花，因为憨厚老实又精打细算的三门男人，觉得情人节鲜花价格太贵，不合算，既然结婚了，就没必要搞"形式主义"了。妻子嫌其不浪漫，吵闹了一夜。第二天一早，还怒气未消，嚷着要自杀，丈夫无奈，只好报警。经民警劝说，妻子才打消寻死念头。

虽然这位三门少妇"作"得有点过了头，但我总觉得，三门女人的"作"，"作"得比较原始，比较朴实，比较接地气，"作"的手法也比较老套，没有创新，无非是一哭二闹三上吊，不像一些地方的女人，一旦"作"起来，手法千变万化，创意层出不穷，老公根本招架不住，咿个隆咚锵，最后只得举白旗投降，乖乖就范，俯首称臣。

星光闪烁

虽然三门女人在台州美女指数排行榜上并不靠前，但三门人自豪地说，三门要么不出美女，要出就出大美人。三门人老早就“考证”出，当年红透日本的影视歌三栖明星山口百惠，身上就有着三门人的血脉，他们有板有眼地说，山口百惠的老祖宗就在三门一个叫沙柳镇的地方。在沙柳镇清溪入海口，有两个隔岸相望、相距数百米的村庄——溪头杨和姚家，这两村是山口百惠祖根宗源的发祥地，日本的古坚和山口两大家族，已经重入沙柳镇溪头杨《石林杨氏宗谱》，正式认祖归宗了。三门人很为这个结果欢欣鼓舞，不管山口百惠是不是把三门当成故乡，三浦友和是不是认自己为三门女婿，反正三门人老早就把山口百惠看成自己人了。那段时间我刚好在三门采访，每次吃饭，三门人就拿这说事，说得眉飞色舞，说得心花怒放，席间还有人开玩笑，要在沙柳镇打出招商引资的横幅——“欢迎到山口百惠的故乡投资”。

而有着烈焰红唇、魅惑眼神的姚沁也是三门人，她曾因获得国际小姐称号而红极一时，被邀请参加克林顿、小布什、奥巴马的总统就职典礼，风头一时无二。

因为钱袋不鼓，三门这地方常被人忽视，常有人说，三门这小地方，土里土气的，艺术气息太淡薄了，简直就是块文化荒漠。每听此言，三门人总是不屑地从鼻子里喷出一股气流：哼，荒漠还能输出这么多名主持，名女人？你们说自己是文艺绿地，你们倒说说看，有哪几个名主持、哪几个明星是出自你们那里的？一席有理有据的话，驳得对方哑口无语。

三门人一点没吹牛，当今活跃在影视界的几个台州美女，的确产自三门。三门人爱看央视的《每周质量报告》，除了节目本身吸引人，最重要的原因是主持人是三门美女章伟秋，这一点颇能激发三门人的家乡情怀。如果有外人在场，而又刚好播出这档节目，在座的三门人就会充满自豪地介绍说，喏，这是我们三门人主持的节目！说这话时，三门人的口气充满骄傲，有一种舆论制高点被他们占领了的自豪感。

除了央视名嘴章伟秋，前些年，在《恋爱季节》《绍兴师爷》《康熙王朝》等影视剧中频频露脸的美女胡天鸽也是三门囡。作为三门越剧团曾经的台柱子，胡天鸽以越剧演员的婉约和江南女子特有的灵性，在鱼龙混杂的影视界站稳脚跟。而拍过十几部电视剧和广告片，主持广东电视台《南粤大地》《共度好时光》等节目的杨颖，同样也是一位三门美女。

三门美女频频触电，三门美男也不甘落后，三门这个地方跟玉环一样，也出产帅哥。三门帅哥的代表就是吴建飞，这位花样美男一夜成名，获得“加油！好男儿”全国季军，演唱过《偏偏爱上你》等歌曲，还主演过《青蛙王子》等多部片子。别看三门不起眼，其闪烁的星光是台州各地最多最亮的。这些美女俊男走向荧屏，成就了自己的事业，也提升了三门的知名度。

三门是个小小的县城，围城的生活太过于平静，哪怕一块石头扔进去，也溅不起太多的浪花，生活在这里的女人，内心也相对平静。一旦三门女人领略到外界的精彩，内心被多彩世界激活，就再也不想回去了，因为她发现山外有山，换一种方式生活，人生有另一种精彩。

美是需要土壤的。物质、财富、文化、精神，都是滋养美的养分。同样，美也是需要挖掘的，需要发现的眼光。三门女人是聪慧的，只是聪慧被埋在她们的不动声色之下；三门女人是能干的，只是缺少给她们展现才华的更大的舞台。如果时代给她们更广阔的发展平台，会有更多的三门美女脱颖而出，有人说三门女子的性格最是沉静，我情愿相信她们的沉静是一种蛰伏，一旦时机成熟，三门女子定然显出“她在丛中笑”的动人风采。

活色生香的椒江女人

椒江女人个性鲜明，她们喜欢接受挑战，豁得出，有冲劲，有激情，也有魄力，她们的性格中有几分男子气。

椒江是个充满欲望的城市，同时，又是个包容性极强的城市。

作为一座新兴之城，她对所有热爱她的人敞开了怀抱，在椒江街头，操着外乡口音的人可能比说本地方言的人多。这个新兴城市的文化和活力，都是由移民创造的。大量外来人口的涌入，各种习俗、习性的交织，产生了摩擦和碰撞，也产生了新的动力和冲击波。

椒江是一座汇聚、交流、融会、贯通的城市，这个城市的血管里，奔涌着新鲜的血液。撤地设市造就了椒江，使得椒江由一个小小的渔镇，成长为台州的政治、经济、文化中心，也使得椒江本土粗犷甚至带点野蛮的码头文化，多了些雅致。

我在椒江生活了近二十年，对椒江最大的感受就是，她在不断地变化。当年我随着撤地设市的人流搬迁到椒江时，这里还是个大工地，走到哪里都能听到机器的轰鸣声，到处都是林立的脚手架。现在，这里各种各样的时尚东西全有了。作为一座新城，椒江这个地方，最大的好处，就是随时随地让你感受到她的动感和活力，感受到她的变化与发展。不像一些城市，多少年了，卖烧饼的还守着同一个摊位，卖甜酒酿的还都在老地方。

懂得生活

椒江是座变化中的城市，这个城市的女人也在不断变化中，在我看来，台州九个县市区的女人中，数椒江女子最懂得享受人生，最讲生活品质，她们善于在平凡的生活中营造梦境和情趣，她们舍得在自己身上花钱，言谈举止、吃喝玩乐都带着市井的快乐，能把平常的日子过得有滋有味。

椒江是个港口城市，旧时靠近码头的振市街、东升街、北新椒，有各类钱庄、旅馆、饭店，形成灯红酒绿的繁华商业区。遥想当年，海门港是台州最大的港口，是上海与台州各地的交通中转点，来自上海的洋货都是以海门为集散地发往台州各地的。几乎所有的港口城市都兴"码头风"，于是乎，上海流行什么，过几天，椒江就风行什么。海派女郎流行梳S头，穿大开衩旗袍，椒江这个小渔港也会出现旗袍女郎。当年这个还是叫"海门"的地方，在民国时期就有"小上海"之称，可见，奢靡、时尚、灯红酒绿的味道，在这里早已有之。

椒江虽说是小渔港，但"开放"之名声，老早在外，这里有着齐全的娱乐场所，一切按椒江人的喜好、口味进行了改造，这里曾经夜夜笙歌。20世纪80年代，准确地说，是1985年，台州出现的第一家保龄球馆，就在椒江，一时间，引得其他地方的人赶过来"开洋荤"。早些年，椒江娱乐业之发达在省里都是挂了号的，90年代初，椒江就有一百九十多家娱乐场所，声名之大，连"美国之音"都广播了，这还了得，高层一声令下，对椒江娱乐场所进行了全面整顿。现在，各地的娱乐业都很发达，椒江也就不显得特别“开放”了。

台州撤地设市后，行政中心从千年台州府的临海搬到了椒江。刚到椒江时，临海人看不上椒江，觉得这个小渔镇没什么文化底蕴，这里的人，只会讲吃讲玩。椒江人也挺看不惯临海人的，口袋里没几个子儿，还清高得两只鼻孔朝天。他们把搬迁来的机关干部统称为“北岸佬”。枫南小区还有另外一个称呼，叫“俺村”。因为机关干部以临海人居多，临海人一开口便是“俺”呀“俺”的，故椒江人把枫南小区称为“俺村”。不过，将近二十年的同城生活，混淆了地域的界限，加深了两地人的感情，现在椒江人临海人经常称兄道弟，吃到一块玩到一块说到一块了。

自从椒江成为行政中心后，这个昔日不起眼的小渔镇，成了时尚的聚集地，旧日的痕迹早就淹没在历史变迁的潮流中。椒江在脱胎换骨的同时，椒江女人的做派也跟着潜移默化。仿佛一夜之间，各种咖啡吧、茶吧、酒吧、迪吧，如雨后春笋般冒了出来。椒江女人性格活泼明快，很讲小情小调，她们曼妙的身影，活跃在各种各样的咖啡吧、茶吧、酒吧里。年轻的椒江女子都有那么点小布尔乔亚——她们享受生活，她们热爱美食、华服，她们热衷于赶一切可以赶到的时髦。她们也喜欢去赶一赶文化的集，比如，找人要几张票，打扮得花枝招展去听听新年音乐会、看一场话剧，比如去书店买上一两本时尚图书。哪个地方流行新鲜玩意，她们必奔走相告，约上三五好友去体验其中的乐趣。一段时间，忽然瑜伽流行起来了，于是椒江女子弃健美而从瑜伽了，忽然间大城市时兴肚皮舞和钢管舞了，于是椒江女子又按捺不住想去尝试了。

椒江女人对时尚一向敏感。十几年前，我刚到椒江时，椒江最繁华的中山西路有一家“拉风快餐厅”，开业头几年，生意火爆得不得了。好多人就是从这个店名，才知道“拉风”这个词的。在这之前，台州人只知道“拉肚”，不知道什么是“拉风”。“拉风”这个词，包含着酷、时尚、前卫、性感等意思，相当于“牛叉”，又比“牛叉”来得文雅。这个词来自于周星驰主演的电影《国产凌凌漆》，这部电影于1994年出品，刚在大陆放映不久，椒江街头就有了“拉风快餐厅”。椒江人真是台州一等一的潮人。

在土著椒江人口中，还有个使用频率很高的词语，叫“浪浪”，意思就是追浪潮、赶时髦，当然还有显摆的成分在。还有一个词语，叫“掼浪头”，浪头是要掼出去的，让大家都看得到，这个词语包含嘚瑟的成分更大。从这两个本地人频繁使用的词语中，可以看出椒江地域文化中好追逐潮流、赶时髦的一面。

在椒江生活了这么多年，我已习惯了这里的习俗，当然也有看不明白的地方，每到七月半还有别的一些什么节，椒江的土著女人就会公然到街上烧纸钱，哪怕行人侧目，汽车喇叭死命地按，她们依旧旁若无人照烧不误。某日早晨我经过椒江金三角，忽然间冒出数百名中老年妇女，占据了马路的一侧，说是菩萨的什么日子。时尚与传统，在这个新兴城市里，就这么奇怪地交织在一起。

葭沚度娘

椒江是个海边城市，除了台风，在大街上行走，常有香风袭来，不用回头，便知道是风姿绰约的椒江女子。

椒江曾经出过不少美女。椒江美女的五官精致漂亮，她们明眸皓齿，活泼大方，让人一眼难忘。特别是葭沚这个地方，以盛产美女著称，民间就有“松门白鲞，葭沚度娘”（度娘，台州方言，大姑娘）之称。松门白鲞在全国出名，因为其咸鲜的美味，而葭沚度娘名声在外，则源于她们的美貌、开放的举止与奔放的性格

我觉得葭沚是椒江最富有诗情画意的地名：葭者，初生的芦苇；沚者，水中的小块陆地。“所谓伊人，在水一方”，在这片长满芦苇的湿地，曾经有许多佳人在水之洲巧笑倩兮，美目盼兮，虽然今天这个地方已经车水马龙，显得有些嘈杂喧闹。当地人还常把“葭沚”这个诗意浪漫的地名，写成莫明其妙的“加止”。一个粗陋的词语，抹杀掉一段浪漫的文化情怀，也泄露出些许码头文化粗鄙的底子。有学问的临海人对此嗤之以鼻，据此还得出椒江人没文化的论断。

不管写成什么，我每次经过这里，总会生出些才子佳人的意境来，希望遇到个把貌美如花的葭沚度娘。呵呵，书读多了，容易胡思乱想。

椒江女人的五官很漂亮，身材也很好，气质普遍不错，但因为此地湿热之气甚重，美女们的脸上有时会发些疔啦痘的。为了拥有白嫩的肌肤，椒江的“黑牡丹”们成了美容院的常客，多指明要做“美白”。椒江有着全台州最多的美容院，不管高档低档的，生意都不错。当椒江女人躺在美容床上敷脸时，美容师就会向她们不停地推销各种美容产品，把效果吹得天花乱坠。椒江一家美容院的美容师，向我的女友推荐一种药膏，说这种药膏非常灵验，“驼背的都能敷直”，让人听了不免啼笑皆非。

爱生活爱美食

椒江是个海边渔镇，这里的女人口齿伶俐，干活利索，有一种市井生活锻炼出来的生存智慧，她们有能力，有手段，把小日子调度得舒舒服服。

在邻近县市区的人眼里，椒江人特别讲究吃。的确，吃，在椒江人的生活中占有相当重要的位置，椒江的男女老少，都把吃作为衡量生活质量的重要标准。某酒店推出某样特色菜，某小巷的泡虾特别美味，哪怕它藏在最难找的旮旯里，椒江人也能把它挖掘出来。

椒江人喜欢请客，请起客来真心实意，尽往贵的点。临海人说，椒江人口袋里有五块钱就敢请客！不管是不是真的，反正椒江人好客、好吃的名声是落在外面了。

椒江女人讲究吃喝，也热衷于下厨，经常听椒江女人开玩笑说，吃光用光，身体健康。椒江女人都是生活家，她们是生活的高手，她们对煎炒烹炸极为讲究，椒江女人知道什么东西补肾，什么东西祛湿，知道什么东西壮阳，什么东西滋阴，不仅补得自己十分滋润，而且补得自家男人也油光满面，肥头大耳。哪怕再壮实的椒江女人也觉得自己体虚，有的椒江女人明明壮实得像小牛犊，照样隔三岔五补上一补。椒江大大小小的药店，一到立秋、冬至这些传统进补的日子，生意好得不得了，一拨拨椒江女人空着手进来，拎着大包小包的滋补品出去。

如果你与一位椒江美女一间办公室，你能发现她的办公室通常都放着吃的，不是糕点，就是水果，你想吃时到她那里走一趟，必有收获，一位椒江美女就跟同事感慨道，人生最爽的事，莫过于想吃什么，马上、立即、随即就能吃到。

直来直去

椒江先前是个渔港，是个码头，码头上的人拳头都比石头硬。这些渔民和码头工人的后代，性格十分豪爽仗义，帮起人来可以两肋插刀，打起架来也是天不怕地不怕的。

椒江女人嘴巴利索，性格泼辣，风情万种，她们对生活投入全部热情，那种对生活的热爱是很能感染人的。土著的椒江女人个个带着小辣椒的味道，辣得先声夺人，辣得霸气十足。在海门注入东海的台州第一大河灵江，其入海口这一段，犹如一个平放着的辣椒，故称椒江，难怪椒江女子的性格都像小辣椒。她们麻辣又伶俐，追根溯源，椒江女人的“辣”是受码头文化的影响，椒江起源于码头渔村，谁能抢占更多的码头谁便是王，椒江女人的血液难免带上这样的基因，其性格中的麻辣味也是有根基的。

椒江女人把吵架说成是“吵杠”，不但要唾沫横飞地吵，还要冷不防给人一杠子。在公交车上或者在菜市场里，听到两个椒江女子舌战，不必担心，她们吵完了就没事了。文绉绉的临海人受不了这股子辣味，但是我喜欢椒江女人那种一眼能望到底的性格，她们伶俐、热情而仗义，有“拼命三娘”的味道。她们的性格中，透着北方女子的那种豪气。她们嬉笑怒骂全挂在脸上，做起事来风风火火，有着天然率真的味道。她们的美，带着一点霸气。外人觉得椒江女人有点彪悍，其实椒江女人中柔顺温情的不少，只是吃了大嗓门的亏。何况，这里是旧时的渔村和码头，女人们的性格自然会比别地方的女人多些火气和血性，这也是顺理成章的事。

椒江女人为人热情，性格上直来直去快人快语，什么话在她们心里都搁不住，椒江女人不会察言观色，一开口百无禁忌，想说什么就说什么。椒江女人说自己是一根肠子通到底，她们不会藏着掖着，一开口就像竹筒倒豆子，噼里啪啦的，说起话来，个个都像快嘴李翠莲，这使她们博得了直率的好名声。我还在报社时，有个椒江的孩子打热线电话向我们求助，说："端午节那天，我爸爸开车回家。妈妈说人太多了，开车要慢一点。爸爸火了，就骂她。等停下车来，他就开始打我妈妈。结果把妈妈打进了医院。妈妈说她出院后，也要把爸爸打得进医院，叔叔阿姨，我该怎么办啊？"

椒江的民风，真是蛮强悍的，如果说天台人是山哈人硬头颈的性格，椒江人则是码头人的脾气，男人性子火暴，女人也一点就着。

火暴性子的通常都是讲义气、性格直爽的人。椒江女人的确讲义气，有事找她们，她们会毫不犹豫地帮你张罗解决，比你的兄弟姐妹还要热情。她们把朋友分为"讲得着"和"讲勿着"两类。"讲得着"的话，一切好说，就是被卖了也帮着数钱。"讲勿着"的话，哼，滚一边去！椒江女人不太会耍小心眼，遇到窝心事，嘴上骂骂咧咧，骂完了，该干吗干吗去，这样的性格，估计不会跟抑郁症沾上边。

有胆魄

在我的印象中，椒江女人在家里好像都挺有权威的，她们在家里掌握了话语权和经济大权，她们对老公，不像天台女人一样一味顺从，也没有临海女人那种低眉顺眼的感觉。她们对自家男人有一定的威慑力，她们能不动声色地将这种威慑力融于家庭生活中，让自家男人自觉或者不自觉地俯首听命。

椒江女人的胆魄比别地方的人要大，这从花钱上也看得出。临海女人如果钱包不鼓，花起钱来一定缩手缩脚；天台女人如果没钱，会从牙缝里省几个铜钿出来；温岭女人没钱，会挖空心思去赚钱；椒江女人没钱，不怕，先到朋友那里周转一下，生活质量可不能下降。椒江女人那种超前消费，负债过日子的生活方式是无师自通的。她们不太看重钱的积蓄，而且从来不愁日子会过不下去，只要一网鱼满舱，何愁解决不了各种问题。椒江女人有坦然面对明天的心态。

椒江女人实在，不图虚名头，她们不大关心政治。她们才不在意是椒江市还是椒江区，也不管是哪里人来当区长市长，但希望自家的老公能多长点本事，多挣些钱，多给她营造快乐的生活，最好能成为人上人。椒江女人跟温岭女人一样，有经济头脑，有弄潮的魄力，她们玩得动股票，办得来期货，融得来巨资，在赚钱上有点急功近利。早些年台州的“做会”，就以椒江最为风行，不少椒江女子热衷于此道，以至于最后被连累得连自己的脂粉钱也丢光，好几年不得翻身。1996年和1997年，椒江遭遇了“倒会”风波，那股黑色漩风席卷全城，把相当多的椒江女人卷入其中。

椒江女人独立性强，她们不抱团，不扎堆，自顾自干自己的事，结了婚后守着自己的小家，很少参加姐妹间的聚会。她们比较要强，心也比较高，有浓重的望夫成龙情结。她们希望通过嫁个好老公改变命运，婚后为了帮衬老公，她们会使出浑身解数，恨铁不成钢时，少不得耳提面命一番。那些“小姐身子丫鬟命”的女人，一旦丈夫没达到自己的要求，会把自己和丈夫都折腾得够呛。有些老派的椒江女人不上班，靠老公养活，把每天的日子消磨在麻将桌上。椒江女人觉得，是男人“就应该养着我”，麻将日日搓，尽管欠了没头颈的债，脖子上照样戴着很粗的金项链，该玩照样玩，脸上声色不动，有大将风度。

早在十几年前，椒江女子的乡音还被人嘲笑，如今，椒江女子因占据天时地利而被人羡慕，外地人有时还以会讲几句椒江话为荣。不过，与业已成型的临海女人相比，椒江女人更像是一团尚未定型的云。

弄潮儿

在时代的大潮前，土著的老海门人渐渐失去了话语权，原先鲜明的特征反而不突出了，新一代椒江人的性格更加鲜明，更加引人瞩目。

椒江女人受条条框框的礼数约束不大，这使得她们能够放开手脚干自己想干的事，何况撤地设市，给椒江提供了那么多的机会。这里活跃的经济、宽松的氛围、包容并蓄的城市性格，给椒江女人带来了更大的发展空间。椒江女人是聪明的、机灵的，她们会审时度势，她们善于利用并抓住各种机会，让人生达到自己期望的高度。

椒江女人个性鲜明，她们喜欢接受挑战，豁得出，有冲劲，有激情，也有魄力，她们性格中有几分男子气。前些年，椒江的女汉子喜欢开50排量以上的摩托车，这在别的地方是少有的。要知道摩托车的驾照是要考出来的，这种大车也比较重，少气薄力的女子很难驾驭，但椒江美女就是有气势，喜欢开这种摩托车。我刚到椒江那几年，上下班的时候，经常看到开黄牌大摩托车的女子，英姿飒爽，风一般地从我眼前驶过，那时觉得她们真是"拉风"极了。

在椒江生活了多年，我至今未能完全融入这座城市。对于搬迁到这里的无数外乡人来说，椒江更像是人生的一个停靠站。他们把自己当成这座城市的过客，而不是归人。而在站台上，是很难让人有归宿感的。

椒江这个城市，是热气腾腾的，是生机勃勃的，虽然她有点显摆有点得瑟有点浮华，不过她的意气风发，她的包容开放，她的活力与动感、时尚与热情、生机与变化，都让人喜欢，何况还有活色生香的椒江美女呢！她们生动、鲜活、灵动，充满精气神，是这座城市最直观的风景。

刚柔相济的黄岩女人

黄岩女人有格调、有品位，大多属于小家碧玉型。她们温婉可人，很有生活情趣，她们踏雪寻梅，喝茶论道，因风雅而快乐。她们也像梅花，清幽而刚强，无论生活中有多少沟儿坎儿，都能自己化解。

黄岩曾经阔过。早些年，黄岩的名头是响当当的。搁三十多年前，台州以外的人有几个知道仙居知道三门，往大里说，又有几个知道宁波与温州之间有块夹心饼干叫台州啊。而那时，黄岩就已经名声在外了。

黄岩名声之响，很大一部分是拜黄岩蜜橘所赐。早些年，一到金秋时节，大大小小的城市，包括伟大的首都，水果摊头都有黄澄澄的橘子卖，纸板上写着“黄岩蜜橘”几个字，活脱脱就是替黄岩打免费广告。印象中，黄岩的小东门曾经热闹非凡，每到秋天橘子黄时，拉橘子的板车一车车把橘子运进来，金黄的蜜橘堆得像山一样高。当年黄岩蜜橘的名头，真的是震天响。别地方的橘子，都要冒充黄岩蜜橘，才能卖个好价钱。送几斤正宗的黄岩蜜橘给额角头朝天的上海人，上海人马上换了张热情的笑脸，跟“台州乡下人”说话的口气，立马也变得热情多了。

而南来北往客若坐飞机到台州，第一个接触到的地名也是黄岩。台州唯一的机场在路桥，当年不叫台州机场，也不叫路桥机场，而叫黄岩机场，这也在有意无意地提醒大家，路桥原先是黄岩的地盘。

九峰公园曾经是台州第一园林，现在虽然它风头被滨江公园和江滨公园、市民广场抢了去，但早些年，它是台州最受欢迎的公园，那里有个儿童乐园，是台州第一家儿童游乐园，里面有小火车、登月飞机、降落伞等。那时周边地方，如路桥、椒江、温岭等地，一到过年过节，家长都会带着孩子到这里游玩，学校组织春游秋游，除了长潭水库，九峰公园的儿童乐园是必选之地。游玩后，同学们还要在公园的大公鸡塑像前照张相。

不过，现在说到黄岩，似乎没什么特别叫得响的东西了，若说橘子，临海涌泉蜜橘正红得发紫，黄岩蜜橘相比之下显得有点“人老珠黄”。至于椒江、路桥呢，早已不再是黄岩的地盘了，好像成家单过的儿子出息了，不但与老子平起平坐，有时风头还盖过老子，这让黄岩人心里难免有点泛酸。

周边城市迅猛发展的同时黄岩人的优越感渐渐失去了，黄岩人自己也大有昔日凤凰不如鸡的感觉。有一回我出差回来，经过黄岩外滩，我盛赞这里灯火辉煌，煞是气派，同车的黄岩朋友自贬身价说：“也就外面看看像深圳，里面看看像乡镇啦。”现在的黄岩给人以面目模糊的感觉，它失去了太多的特色，这不能简单归结于区域的改变。

黄岩人对现在的城市地位总有点心理不平衡，黄岩人酒一喝高，就容易“想当年”，借着酒劲发些牢骚，感慨道：想想20世纪八九十年代，谁不知道“我忒黄岩”啊，黄岩机场、黄岩蜜橘，名气多少大啊。那时候，台州哪个地方比得上“我忒黄岩”：路桥，哼，不过是黄岩下面的一个小乡镇；椒江，哼，原本是黄岩的一个小渔村，现在和黄岩平起平坐不说，还老抢他老子的风头。酒过三巡，黄岩人还会来一声叹息：三十年河东三十年河西啊！

跟黄岩人一样，临海人也喜欢说“我们先前阔过”。不过，临海人想当年，想想也就过去了，自我安慰一下，也就平心静气了，不像黄岩人想当年，钻进牛角尖一二十年出不来。其实，相比之下，临海人先前阔得还要厉害些，它是千年台州府，又是行署所在地。跟当年比，临海人想得开，识时务者为俊杰也，“椒江人要抖就让他抖，路桥人要显摆就让他显摆，温岭人要龙就让他龙，仙居人爱显山露水也由了他去，俺们临海现在这样子，其实也还过得去”。

黄岩人可就不同了，巨大的落差，造成了黄岩人的惆怅与茫然。昔日的繁华与今日的现状，在他们的心里复杂地纠缠着，他们挖空心思想再度阔起来。黄岩人是奋勇争先的，在争取自身利益时，更是毫不手软，哪怕这利益再小，有时候还因为太过急切，弄得急赤白脸。

周边县市区的人都说，别轻易拿黄岩人开涮，也别轻易拿黄岩的事说事，黄岩人的心理承受能力，说强的确挺强的，说弱又挺弱的。有些玩笑轻易不能跟黄岩人开的，免得人家想多了。

甜蜜自在

黄岩自古就是富庶之地，南宋朱熹就说过“黄岩熟，则台州可无饥馑之苦”，温黄平原这个大粮仓造就了黄岩的富足。所以黄岩人“想当年”的时候，有时会产生类似阿 Q 那种“祖上比你们阔多了”的快感和自豪感，也是可以理解的。

黄岩是个好地方，它不仅是橘乡，而且是座甜蜜之城。这里气候适宜，一年四季盛产水果，柑橘、杨梅、枇杷……这些个江南佳果把黄岩女人滋养得肤色格外好。如果说玉环女人是水做的骨肉，那么黄岩女人则是用水果滋养成的，她们甜美而饱满。每到金秋时节，总有黄岩女友邀请我到她们家的果园摘橘子。这些个伶俐的女子,拎着竹篮持着剪刀,在橘林里边剪橘子边说笑,笑声飞扬在橘园,让人感觉黄岩女人的生活是如此甜蜜自在。

黄岩女人对橘子和橘树有着特别的感情。黄岩有放橘灯和"打生"的习俗。旧时每到正月十五,黄岩人就跑到澄江上放橘灯,橘灯以橘制成,每只橘子的上端剥开一小部分,取出橘肉后制成橘灯。元宵之夜,几千盏橘灯在水中漂浮,水面上跳跃着红红的火苗,煞是好看。放橘灯时,女孩子总要许个愿,而上了年纪的妇人则祈求佛祖保佑平安。

除了放橘灯,过去每年立冬橘子即将开摘时,黄岩的橘农还会举行"种橘福"的仪式,祭祀橘神,祈求橘神保佑橘子丰收。是夜,一些婚后多年没有生育的女人悄悄约好,到结橘最多的橘林中去"打生"。"打生"时,妇人手执橘枝去打另一妇人,边打边问:"会生吗?会生吗?"被打的妇人含羞答曰:"会生的!会生的!"民间流传的"打生"歌道:"红橘树下夜三更,女伴相邀去打生。不管旁人来偷听,'会生'自已叫连声。"这种充满民俗风情的画面,是黄岩独有的。除了这些,这里还有橘花诗会,很是风雅。

一到秋天,黄岩女人的皮肤就会变黄,倒不是因为此地黄脸婆多,而是因为吃多了橘子。对黄岩女人来说,天下再也没有比橘子更好吃更有感情的水果了。

绵里藏针

上天其实是眷顾黄岩的，这里有大粮仓，台风也很少在这里登陆，黄岩给人的感觉就是风调雨顺，风平浪静。这个城市掩映在江南的桃红柳绿中。温黄平原这个台州最大的粮仓，造就了黄岩人“民静而安，俗朴而俭”的人文性格。因为仓廪实，不必为衣食发愁，黄岩人在相当长的时间里，自得其乐，有一种陶醉感和满足感。在这样的环境下成长起来的黄岩女性，也是安逸自在的。她们内心平静，感情细腻丰富，对人生并不好高骛远。因为生活富足，加上生存竞争相对来说不算激烈，很多黄岩女人都愿意过随遇而安的生活。她们有闯劲，但不会太拼命；有眼界，但不会太开阔；有点小心眼，但不致太过头；有些小世故，但并不令人讨厌。你有事找她，她会帮你，但绝不会豁出去帮你。黄岩女人不太愿意承受太大的压力和波澜，看上去都比较温柔，甚至温顺，很是讨人喜欢。那种“垆边人似月，皓腕凝霜雪”的可人儿，黄岩最多。

黄岩女人说话特别好听，若说什么吴侬软语，在台州，大概只有临海话和黄岩话配得上这四个字。黄岩女人一开口，腔调软软糯糯的，女人味十足。对于黄岩方言，民间早就编排出“你忒我忒脚肚腿”的段子，黄岩腔的柔顺让各地的人都听着相当顺耳。台州电视台“阿福讲白搭（白搭，台州话，闲话之意）”中的阿福，讲的就是一口黄岩话，虽然北边和南边县市区的人看了这个节目，有点不服气，说：“黄岩话哪能代表台州话呢！”但这个节目依旧是最受欢迎的本土方言节目，因为黄岩话好懂又好听。要是用难懂又硬实的玉环话、天台话、仙居话来“讲白搭”，那真够听众的耳朵受罪的。

虽然现在黄岩给人以面目模糊的感觉，但要在台州女人中辨认出黄岩女人还是很容易的，因为黄岩女人给人的印象总是不冷不热、不温不火，谈吐淡定、衣饰得体，说什么都是云淡风轻，干什么都好像游刃有余。

黄岩男人关心时政，在饭桌上，男人喜欢嚼些所谓的官场内幕，杂七杂八的政治秘闻。女人则不爱聊这些听这些，她们交流哪里可以喝到好茶，哪场电影值得一看，在哪里可以淘到便宜货。黄岩女人看上去都有小鸟依人的感觉，实际上，她们相当独立和能干，也有心计，绵里藏针是她们的生存之道。因为不想当出头鸟，她们很少会被人当成靶子打，因为有自己的人生定位，她们能把生活过出独特的滋味。

黄岩女人不喜欢大风大浪。她们很少有不到黄河心不死的倔劲，也缺少迎接大风大浪的勇气，她们甚至不愿意接受太大的转型和挑战，对人生的态度是：六分醉，七分饱，八分爱正好。情深不寿，欢喜正好。她们不愿干破釜沉舟没九分把握的事，对事业如此，对感情也是如此。有位黄岩女人在工作上受了点委屈，一番抱怨后对人说，她希望有王朔说的那种“姨太太的命”——“既不负责又受宠佃户死活一概不问只管享福时不时和长工偷个情”。

黄岩邪

黄岩的旧城已经老了，沧桑、保守而世故，黄岩的新城，则充满了血气和激情。黄岩的人文性格，也有两面，一面耽于安逸、喜欢跟风，一面敢于开拓、勇于创新。

黄岩人敢想敢干，开风气之先，中国第一份支持股份合作制经济发展的地方法规就是黄岩县政府出台的。20世纪90年代，黄岩有家利民皮鞋厂，生产的“天牌”皮鞋比现在的“奥康”皮鞋出名多了。天牌皮鞋是第一个在地方党报《台州日报》头版上打出整版广告的台州企业，它的广告语是“天牌皮鞋走天下，一路风光一路情”，当地很多中年人到现在还记得这个广告词。

一方面是创新，一方面是跟风，这是黄岩人性格的两面。黄岩的方言俗语里，最出名的就是“黄岩邪”三个字。所谓的“黄岩邪”就是盲目跟风，见风就是雨。黄岩人模仿能力强，有人做模具发财了，乡里乡亲都跟着去做模具，由此还形成了当地支柱性的模具产业；有人养兰花发财了，于是医生、教师、官员、企业家等也纷纷加入了养兰花的大军，以致黄岩的养兰热经久不衰，不少人靠种兰花发财了，开的都是奔驰、宝马、奥迪等“兰花”车，甚至坐拥身家几百上千万。

桃花开时，黄岩人一窝蜂跑到长潭水库看桃花吃胖头鱼。进村的道路只有一条，只能容许一辆车通过。某年双休日时，好风雅的黄岩人不约而同来赏花，自驾车太多，乡村道路上交通也没人指挥，路被双向通行的车堵死了。最后，所有人只好依次倒车。倒车距离长达两千米，近百辆车同时倒车。许多黄岩女人感叹，从没见过这么浩荡的倒车队伍，这也是她们自取得驾照以来，最严峻的一场考验。

“黄岩邪”在黄岩女人身上表现得相当突出。黄岩女人做事喜欢扎堆，喜欢三五成群，喜欢大呼隆。走在老街不宽的马路上，常见三两个要好的小姐妹勾肩搭背走着，似乎不这样就不能表达姐妹之间的深情厚谊。黄岩人喜欢热闹我是有体会的。好几次到黄岩，走过街头，都有黄岩人在街头围观，久不散去，有滋有味地不知在看啥热闹。据说有个糖尿病患者在黄岩街头吐一口水，因口水带甜味招来了蚂蚁，此人无聊就蹲下来看，没承想，招来了里三层外三层的看客。

生活上"黄岩邪"也是很突出的。有一段时间，城里兴起了木兰扇，满城女人都舞起了扇子；有一段时间流行翻翘发式，街头十个年轻女人有八个头发梳得像喜鹊尾巴。现在流行跳排舞，黄岩城的大妈又成群结队出动了。黄岩女人做事都是一阵风的，确乎称得上"黄岩邪"。

精致清幽

黄岩老街的法国梧桐，像林立的阵地，夏日里女人穿行在梧桐树下，轻盈动人，亦构成城市的一道风景。据我观察，大凡长满老梧桐树的城市，那里的人生活都是蛮精细的，黄岩人也不例外。有几个周末，应朋友之邀，我大清早去九峰公园爬山，总看到黄岩女人背着大水壶，到山上来装山水。她们说，山泉水好，没污染，泡茶特别好。问她们累不累，她们说，累啥，锻炼加打水，一举两得。

黄岩女人有格调、有品位，大多属于小家碧玉型。她们温婉可人，很有生活情趣，她们踏雪寻梅，喝茶论道，因风雅而快乐。

黄岩最出名的花是梅花，黄岩的梅桩盆景名动江湖。黄岩人特别喜欢梅花，不但在公园里广植梅花，在自家的庭院里，也喜欢种上一两株梅树。梅花看似柔弱，实则坚强，不会让人惊艳，却风骨傲人。

有人说，黄岩女人也像梅花，清幽而刚强，无论生活中有多少的沟儿坎儿，都能自己化解。的确，黄岩女人看上去一派天真，好像没什么心机，但是她们如果想做什么事，总会有各种方法各种手段，最后曲径通幽，达到自己的目标。

讲功饭店嫂

黄岩女人口才都不错，啥事都能引经据典，说出个子丑寅卯来。有句老话说，“吃功本地早，讲功饭店嫂”。“本地早”是黄岩蜜橘之一种，甘甜多汁，特别好吃，故有“吃功本地早”之说。“讲功饭店嫂”指的是开饭店的大嫂，八面玲珑，嘴皮子利索，能把死的说成活的，不死不活的说成生龙活虎的。可是在黄岩，讲功好的并不仅仅是饭店嫂，普通女人口齿亦伶俐得很，说起话来一套一套。好在黄岩女人虽然口才好，但不爱跟人争长短，所以并不显得胡搅蛮缠，也没人说她们是话痨，有时话虽然啰唆了些，但因为说话调子温软，听起来还是很受用的。

黄岩跟玉环一样，有文艺小清新气质的美女很多，这个城市的文化氛围挺浓的，熏陶些热爱文艺的女人是水到渠成的事。黄岩有相当多言必称文化的文艺女青年和文艺女中年，当然文艺男青年和文艺男中年也不少。

别地方的文化人基本上是自搞自，散沙一盘，而黄岩的文化人特别喜欢扎堆，扎堆的好处之一是可以把利益最大化。这里的文化人隔三岔五举办诗歌朗诵会、散文笔会之类，给这个城市增添了不少风雅的气息，席间活跃着的文艺女青年常令活动生色，官人和土豪们也会光顾文学沙龙。这里的老板喜欢请文人吃饭，也愿意赞助文学刊物，听说还要建一个什么文学山庄，供文人快活放松。相当多的黄岩美女会舞文弄墨，而且富有艺术气质。她们不见得学问有多高深，但因为热爱文艺，总显出几分有别于其他小城市人的气质。

黄岩是橘乡，黄岩女人的生活跟橘有很大的联系，她们的人生，就像黄岩蜜橘一样，甜的成分，远远超过了酸的。她们的芬芳，也如五月的橘花，馥郁而雅致。

麻利精干的路桥女人

路桥女人有着女中豪杰式的大气和胆略，无论怎样的精明狡黠都掩盖不了她们朴实勤快的底色。她们一开口就像本地的番薯烧一样，辛辣扑鼻，呛得你嗓子冒烟，却也一下子全身发烫。她们不见得特别妩媚，但身上有股麻利劲儿，她们的利索和能干，让人感受到江南女性的另一种风采。

"路桥给人最深的印象就是，这城市没日没夜地在升腾。仿佛是一棵春天的树，满身的芽苞充斥着生气和活力，鼓动着、奔涌着无尽的热血往上升腾"。关于路桥，尽管各路达人到此一游后留下各种评价，不过，窃以为，还是北大教授谢冕在《路桥的红灯笼》里的解读最为到位。

"十里街分五道桥"的路桥，路随水走，桥傍水立。因了水陆的便利，这里自然而然成了浙东南的商业重镇。于是乎，"百货麇集，远通数州"，从明清繁华的十里长街到今天的商贸城，路桥人把生意做得像这里的路和桥一样四通八达。在很多人眼里，整个路桥就好像是一个热闹无比的大集市，一切在市场上可以叫卖的东西，包括商品、力气甚至聪明才智，都可以在这里明码标价出售。

路桥是台州最具草根气质的城市，路桥人早已习惯了发生在这里的一切，他们领略过创业的艰辛，见证过奇迹的诞生。路桥是繁华的，它的繁华是草根阶层缔造的，因此，这种繁华是不按牌理出牌的繁华，是东一榔头、西一棒子的毫无章法的繁华，是无规矩亦能成方圆的繁华。一条条说宽不宽说窄不窄的马路上，有扛着大包小包的贩夫走卒、有行色匆匆的生意人，光鲜的名车，与运废旧钢铁的大货车、拖拉机穿插一起，在同一车道上抢道腾挪，摩托车、三轮卡、手拉车也夹杂其中。你好端端开车在路上，冷不丁前面运送废旧钢铁的大货车上掉下些零碎物件来，吓你一大跳。这一切，都在形象地揭示着这个城市发迹的原因。路桥看上去有点“乱”，凌乱、散乱、杂乱、混乱，但你也看得出它的“劲”，冲劲、闯劲、干劲、拼劲，一样也不缺。

路桥的城市风格、城市规划、城市建筑，简直是一种混搭。如果说临海的城市气质像儒生，天台像剑客，路桥的城市气质有点像犀利哥。由于复杂身世流落街头的犀利哥，因混搭乱穿被网友誉为“穷极华丽第一极品路人帅哥”“乞丐王子”等。路桥如此混搭，的确有犀利哥剑走偏锋的风格。

路桥是野蛮成长的城市，它是奋斗的家园，不是休闲的乐园。路桥的生活节奏是快的，走在路桥的大街小巷，总觉得无形中有一只手在推着你往前走。这个以小商品闻名的商贸之城，商业气息从每一个看得见和看不见的角落散开来。路桥人的商业嗅觉比别地方的人要灵敏，行动力要比别地方的人要快速，甚至连步子都比别地方的人迈得大。大白天在路桥街上，你几乎见不到慢悠悠无事瞎逛的闲人。

门槛精

路桥的城市气质是粗糙实在的，它几乎不会让人产生柔情蜜意的感觉。台州九个县市区中，路桥是最没有“江南特质”的一座城市，路桥搞了一次作家笔会，请来一帮外地作家写路桥。作家们发现，这个地方跟他们印象中的江南不是一回事，女作家潘向黎就在《江南之外，或者刚性的江南》中很直率地写道：

虽然对路桥没有概念，但是浙江给我的印象是归于广义的“江南”这个概念的。而江南，总是山清水秀，湖光烟雨，山色空蒙，小桥流水，笙箫丝竹，吴侬软语……到处都是绿的，到处都是水意，润润的、柔柔的。我以为，路桥会是我心目中这幅图景的又一个小拷贝。

但是到了路桥，我发现我错了。有山，但是不够绿；有水，但是不是河网纵横，毫无水乡的感觉；花草很少，触目可见黄黄的裸土；小桥流水人家的想象完全扑了个空。这里没有杭州、苏州那样世世代代积累下来的殷实、滋润、明媚可人，倒是透着穷山恶水的底子。甚至连空气，都不是带来花香鸟语，而是带了海腥味，烈烈的，硬硬的。

我真是大吃一惊！这是江南吗？如果这里不是江南，那么是我对江南的范围弄错了。如果这里是江南，那么我一向对江南的理解就不对了。

尽管作家们感慨路桥这个地方少江南特质，但无不对路桥人的开拓创新、胆大心细、务实勤勉留下非常深刻的印象。路桥曾经叫“新安”，取“新近安定”之意。在宋高宗赐名后，才慢慢地成了“路桥”，作为闻名全国的商品集散地。这里无户不商，无巷不贩，无街不市，路桥人的经商意识好像是从娘胎里带来的。所有来过路桥的人都会感叹，路桥这个地方，能充分激发起你赚钱的欲望，激发起你奋斗的勇气，它从不会让你产生懈怠和放松的感觉。只要你在路桥，总有一种力量让你追逐财富，永不止步。

从小耳濡目染，听惯了大人的算账声，经商顺理成章成为许多路桥女人的选择。

在路桥，做生意的女人是如此之多，以致外人谈到对路桥女人的印象时，总会说上一句，路桥女人“门槛精”，个个都是生意场上跌打翻滚出来的“生意精”。其实，路桥女人中从事其他行业的也不少，可是在别人的印象中，最适合路桥女人的是在商场上打拼的女强人形象，而不是坐在空调房里当什么白领丽人、机关公务员之类的。

路桥女人的能干是毋庸置疑的，她们仿佛天生就有经商的细胞。台州有“抓周”的风俗，家有婴儿的，周岁时大人往往会在婴儿面前摆上印章、笔、墨、纸、砚、算盘、钱币、账册、首饰、花朵、胭脂、吃食、玩具等。如果是女孩，“抓周”还要加摆铲子、勺子（炊具）、剪子、尺子（缝纫用具）、绣线、花样子（刺绣用具）等等。摆放完毕后，父母将小孩抱来，让其端坐，不予任何诱导，任其挑选，视其先抓何物，后抓何物，以此来测卜其志趣、前途和将要从事的职业。有人说，“抓周”时，临海女婴抓的多是笔、墨、纸、砚，椒江女婴抓的是胭脂、吃食、玩具，而路桥女婴抓的是算盘、钱币、账册。这或许是玩笑之词，但路桥女人给别人的感觉就是天生拥有搏击商海的能力、拥有经商的天分。

务实肯干

路桥的地名，充满了不加掩饰的赚钱欲望，什么聚金广场、富仕广场、银安街、银座街、珠光街、腾达路……又是聚金，又要腾达，这些广场呀路呀的，都是企业花了大钱才拿到“冠名权”的。路桥这个地方，是个崇尚财富的地方，谁有本事赚到钱，谁就是能人，路桥人务实不务虚。

跟这座城市一样，路桥女人也是实在的，她们不会跟你虚头巴脑，言行举止都透露着实在劲儿。她们要跟你过招，绝不会花拳绣腿，她们一招一式都是实的。在各种各样的商品市场，在人来人往的卖芝桥头、马路桥、十里长街，叫卖声和鼎沸的人声混杂在一起，像是一锅沸腾的开水，路桥女人守着自己的摊位，神情自信，犹如拥有雄兵百万，胸有成竹笃定自在。三十多年前，路桥还没有什么像样的市场，路桥女人要么守着祖传的街面屋做买卖，要么在马路上摆地摊，要么闯荡江湖。一个又一个的市场建成后，路桥女人买下或租下摊位，才告别了风里来雨里去的地摊买卖，凭着自己的精明能干，赚得一桶桶金。

在路桥，高学历的女性所占的比例并不大，很多路桥女人高中毕业或者初中毕业就投身商海了。“世事洞明皆学问，人情练达即文章”，对路桥女人来说，社会就是一座大学堂，教会了她们在书本上学不到的东西。路桥女人在一手交钱一手交货中，缔造着自己人生的传奇，在讨价还价中成就了自己的人生。“千淘万漉虽辛苦，吹尽狂沙始到金”，这么多年奋斗下来，她们早已腰缠万贯，对她们来说，赚钱早已不是手段，而成了一种习惯，即便赚到的钱下辈子也用不光，你也没办法让她们闲下来。只要有生意做，有钱赚，她们就觉得人生充实幸福。路桥女人以自己的勤快，弥补知识缺乏带来的不足，虽然她们文化程度不高，习惯直线思维，但她们做事果断，喜欢一竿子插到底，不喜欢半途而废，她们爱面子，更爱里子。书读多了的女人，决断前总是反复掂量利害得失，而路桥女人书读得不多，喜欢干了再说，凭着一股子冲劲，先把事情做出眉目再盘点得失。她们相信，人生没有如果，只有后果和结果。

路桥女人算计周全，较为看重经济条件，相互之间，有一种攀比心理，攀比谁的生意大，谁赚的钱多。她们挣了十万还想挣一百万甚至一千万。但是，会算计并不意味着路桥女人凡事都锱铢必较，生意场上一毫一厘当然得算计清楚，但该出手时路桥女人还是很大方的，她们的同情心一点不比别处的女人少，路桥女人是刀子嘴豆腐心。

路桥女人的头发是空心的，路桥从乡镇升格为中心区时，很多有眼光有头脑的路桥女人，要么凑钱盘下店面房要么沿街自造街面房，随着路桥商业越来越发达，这些沿街的房子和商铺给她们带来了滚滚财源，有些路桥女人一年光租金收入就有几百万。据我观察，在路桥，那些看上去土不拉几的人，钱袋都很鼓；那些看上去文质彬彬的人，钱袋都很瘪。

麻利精干

路桥原本不过是一个小集镇，就算现在成了闻名的商贸之城，给人的感觉还是一个放大了的集镇，准确地说，路桥更像一个大集市，处处透着粗放的味儿，但是路桥人的眼孔很大，气魄也很大，他们不仅向大城市看齐，更有迫切跟世界接轨的雄心和欲望。有一段时间，路桥的公交车女乘务员除了用普通话、方言报站外，还用英语报站，这在全台州也是独此一景的。路桥人急于跟世界接轨的另一个直接证据就是，路桥人很爱用“国际”二字，什么国际世贸中心、王子国际大酒店、台州国际大酒店、鑫都国际大酒店，都打着“国际”的招牌。还有个经济型小酒店，竟然起名叫新希尔顿国际大酒店。路桥还有个黄石公园，跟美国的国家公园同名。

路桥是个可以随心所欲的地方，很多男人在这个恣意妄为的城市随意惯了，离开这个地方，哪怕在别的地方混得再好，有时也不免怀念起在路边小店猛灌啤酒的刺激。路桥男人的性格是粗放的，他们穿着汗衫打起赤膊就敢在大马路上招摇。路桥女人的性格也是爽直的。

我所接触过的路桥女人都有点女汉子的味道，直率干练、大方泼辣。她们喜欢自嘲，当路桥打造“品质之城”的口号提出后，路桥女人自嘲道，杭州才有资格说自己是“品质之城”，咱们路桥，算啥子品质之城哟，路桥，十足一个小商小贩之城。她们自己可以调侃路桥，直率地评点路桥的种种不足，但当外人说起路桥的不好时，她们会不服气地跟你举例说起路桥的种种好处。

台州别的县市区的人，也没觉得路桥有什么生活品质，平素里也不太把路桥当回事，不过家里要装修，但凡要买瓷砖、小五金、水龙头，甚至买家具、买车什么的，第一个想到的，准是路桥。与别的地方不温不火、门前冷落鞍马稀的市场相比，路桥办一个市场火一个市场，数百个大大小小的市场，给路桥带来了滚滚的人流和大把的票子，也支撑起了路桥经济的半壁江山。

路桥有着台州最齐全的建筑装饰市场，装修房子用的所有建材，从地砖到窗帘，在这里应有尽有。装修房子时，我没少往路桥跑。路桥女人的那种精明劲，的确让人难以望其项背，因为久经生意场，她们似乎一眼就能望穿买主的心思，时而不动声色，时而老谋深算，有时还用点哀兵之计，刚才还自顾自修着指甲，见有生意上门，一米之外就堆起了笑脸，直到买主的钞票落袋为安，才把笑容收起。有些路桥女人还很擅长“杀熟”，因为熟人往往抹不开面子还价。每每冤大头多花了冤枉钱，路桥女人心情就特别好，谓之“杀猪”，她们得空还会彼此交流些“杀猪”的秘诀。路桥有座“卖猪桥”（即现在的卖芝桥），路桥女人擅长“杀猪”，也不奇怪了。

吃苦耐劳

路桥女人是天生的劳碌命，她们勤劳又踏实，有吃苦精神，无浮夸之气，她们没日没夜，干起活来简直不知道什么叫累，什么叫苦。她们中的不少人，早已腰缠万贯，但你有时愣是看不出老板娘和打工妹的区别。在路桥，隐形的富婆很多，这些富婆潜水很深，别看她们穿着打扮不显山露水，她们的身家说出来，会吓你一大跳。生意旺人手不够时，她们甚至会亲自帮着卸货，从没考虑自己的身份，也没觉得这是掉价的举动。她们整日忙得像陀螺，一天到晚没个消停的时候。忙碌起来，早上随便吃点豆浆油条豆面碎填饱肚子，中午一个盒饭或几个粽子就打发了。直到晚上回到家，她们才可以像像样样吃上一顿丰盛的晚餐。

因为在生意场上吆喝惯了，路桥女人的嗓门普遍比较大，她们不拘小节，性格实诚，为人率性，她们有时买名牌，有时买地摊货，数万元一只的LV手袋和从小商品市场买来的几十元的手袋，有时会轮换着拎，她们要的就是这种真假不辨的效果。

曾经在很长一段时间内，这个城市铜钱味浓而书卷气淡，有人评价路桥是文化沙漠，这里的人把“杳无音信”理解成“查无音信”，把“忐忑不安”念成“上下不安”，把“地域歧视”说成“地或歧视”，你丝毫不必奇怪。但是最近这几年，这里的文化气息越来越浓，南官人文大讲堂和农村文化礼堂，像风中的蒲公英，到处播撒着文化的种子。有人说，路桥人现在最喜欢做的一件事，就是附庸风雅。其实，在我看来，附庸风雅，总比附庸粗俗要好。何况，风雅这东西，就是要附庸的，附庸久了，习惯成自然了，风雅就会像鬼魂一样附体了。

好搭档

法国一位地理学家说，城市就是一个景观，一个经济空间，一种人口密度，也是一个生活中心或者劳动中心，更具体地说，她就是一种气氛，一种特征，或者一个灵魂。路桥的灵魂是热气腾腾的，是鲜活生动的，它没有丝毫的颓唐，充满了向上的精气神。

路桥女人接受新生事物很快，模仿能力也很强，她们不拘泥于古板的东西，有道是“杏花雨过胭脂绰”，路桥女人非“杏花”，亦非“胭脂”，无论是干哪行哪业，她们的冲劲、干劲和实在劲，都让人折服。她们也许不够精致，不够雅致，但她们朴素、勤勉、泼辣、实在，她们的骨子里，有一股江南女人少有的坚韧，像是“蒸不烂、煮不熟、捶不扁、炒不爆、响当当的一粒铜豌豆”。

路桥女人在工作上绝对是好搭档，不管从事什么职业，做生意也好，当公司职员、公务员也罢，对分内的事，她们总会尽全力完成，而且毫不吝惜自己的力气和才智。就算是男女搭配,你也不用担心她跟你撒娇撒痴,卖弄女子风情,并借机偷懒耍赖。路桥女人有着女中豪杰式的大气和胆略,无论怎样的精明狡黠都掩盖不了她们朴实勤快的底色。她们一开口,就像本地的番薯烧一样,辛辣扑鼻,呛得你嗓子冒烟,却也一下子全身发烫。她们不见得特别妩媚,但身上有股麻利劲儿,她们的利索和能干,让人感受到江南女性的另一种风采。

梦想在远方，快乐在眼前

时光如此静谧

兰心蕙质的临海女子

橘林中的古装新娘

防洪堤上的女子

簪花的台州女子，别有婉约的情致

生活中，还有诗和远方

刚柔相济的黄岩女子，她们的芬芳，如五月的橘花

金色秋天

梅之韵

斟酒迎月上，泡茶等花开

在油菜花海中，感受大自然的美好

台州乡间的荷，亭亭如长身玉立的台州美女

踏秋

玉环女子充满灵气，女作家叶文玲和苏沧桑都是从玉环走出来的才女

椒江女子，性格有热辣的一面

雨后

清新自然的仙居妹子

无论生活多么忙碌，心里总留着一份诗意

谢道清：落花流水春去也

她本是南宋的女一号，有着最多的戏份，她却心甘情愿把自己当成配角。而当她在紧锣密鼓中被逼着出场亮相时，却已快到曲终人散时。她自己也知道，戏演得最热闹的时候，就是快要收场的时候。谢道清的一生，以喜剧开场，却以悲剧告终。最后，大幕一拉，意兴阑珊，她在悲凉寂寞中收了场。

谢道清的名字是和南宋的命运联系在一起的。作为南宋末世的皇后、皇太后和太皇太后，她的一生不免沾染着末世的苍凉。

谢道清生于1210年，死于1283年。

谢道清的一生，很难用“幸”还是“不幸”来简单概括。

从表面上看，她的命运极其尊贵：十七岁入宫为通义郡夫人，十九岁册封为皇后，五十七岁尊为太后，六十五岁又尊为太皇太后。她是六宫之首，是南宋末期最有地位的女人，她曾经站在权力的巅峰，垂帘听政。

可是即便在皇宫里过着锦衣玉食的生活，她又何时真正享受过作为女人的幸福？她那尊贵的身份，一如烟花，别人看到的是灿烂的光华，而留给自己的是幻灭。身为女人，她从来就没有被爱情滋润过，在重门深锁的宫墙内，她的红颜被时光一点点吞噬。从红颜到白发，她的一生就这样无奈地切换了光景。

而当南宋已处风雨飘摇之时，大厦将倾、内外交困，整个江山的沉重却压到她苍老而羸弱的病躯上。身为太皇太后，她柔弱的臂膀无力撑起局势，只能眼睁睁地看着一个朝代在她手里断送。

生命的最后几年，她是作为元朝的俘虏，在大都（今北京）度过的，寂寞如影随形，一直到死，她都没能回到魂牵梦萦的故乡台州。

晚年的她常遥望家乡的方向。回望江南，回望这一生走过的路，她的心底有着无法言说的哀怨和伤痛，然而纵有万千痛与泪，更与何人说？

一

1138年，宋高宗赵构定都临安（今杭州）。宋理宗当政时，南宋偏安江南已逾百年，虽是半壁江山，倒也呈现一派歌舞升平的气象。由于北方沦陷，包括皇族在内的大量望族大姓南迁临海，台州府地临海成了南宋重要的辅郡。

谢道清就是地地道道的临海人。

谢道清出身世家，祖父谢深甫曾经当过宰相，父亲谢渠伯官至朝奉大夫，追封卫王。但谢道清幼年时父亲已亡，家道中落，她虽是官府千金，却常与女仆一起上桥头溪边洗菜，临海崇和门附近的一条街巷叫洗（水）菜桥，据说就是她入宫前常来洗菜的地方。

在临海，至今还流传着不少关于她的传说，临海的老人们多多少少还能讲出一两个与谢道清有关的故事。据说谢道清每回在水边洗衣洗菜，水中出现的倒影总是头戴凤冠的形象。谢道清身上长满疥疮，不愿被人看见，因此洗菜时衣袖也不卷，别人问起缘由，谢道清即以一句“真龙不露爪”搪塞过去。

谢道清曾经是个丑小鸭，《宋史》上说她“后生而黧黑，瞖一目”，长得黑不溜秋不说，一只眼还有先天性的眼角膜云翳。须知，古代对美女的第一个要求就是要白，什么冰肌雪骨，什么粉肥雪重，什么“凝脂”“柔荑”“蝤蛴”“瓠犀”，都是突出一个“白”字。谢道清这副模样怎么能进宫呢？可是杨太后的懿旨是选“谢氏诸女”入宫，而谢氏家族就她一个未出嫁，不送她进宫又送谁呢？

好像真的是天呈祥瑞，谢氏族人正在为送不送谢道清进宫犹豫，正值元宵，庭院上空没来由飞来一群喜鹊，停在谢家的花灯上，谢家人都认为这是吉兆，是谢道清的“后妃之祥”。更离奇的是，就在入宫前，谢道清得了皮肤病，延请了郎中来救治，这郎中给了她几帖药，她服用后全身痂痕褪尽，肤色“莹白如玉”，而同时，她的眼角膜云翳也被治好了。灰姑娘变成肤如凝脂、美目顾盼的美人了。

据说，选皇后那日，谢道清没有像别的美女一样伸出手指给人查验。宋理宗问：“卿卿为何不舒指？”谢道清答道：“非到时候不伸手！”宋理宗问：“何时出手？”“见龙伸手！”宋理宗明白谢女之意，亲自为她展袖验看，但见谢道清纤纤素手如玉，宋理宗当下赞道：“好一双玉手！”谢道清跪答道：“妾手与皇上合手共扶社稷！”就这样，确立了谢道清皇后的身份。

传说虽然美好，但多半是捕风捉影。实际上，谢道清之所以被立为皇后，跟一个人有关——掌管后宫的杨太后。杨太后一句话，让谢道清这个默默无闻的台州小女子，一跃成为南宋母仪天下的皇后。

谢道清的爷爷谢深甫当宰相时，曾为杨太后，即当年的杨妃当上皇后立下一功。宁宗皇帝赵扩的皇后韩氏死后，杨妃与曹美人暗中使劲争夺皇后的位置，宁宗在立曹美人和歌女出身的杨氏谁为皇后一事上举棋不定，宰相韩侂胄主张册立曹美人为皇后，谢深甫等人主张册立杨氏，理由是杨氏虽歌女出身，但“颇涉书史，知古今，性复机警”。宁宗最终立杨氏为皇后。

杨太后看来不是个忘旧情的人，尽管谢深甫已死去多年，她为了投桃报李，在宋理宗赵昀即位后，“议择中宫”时，掌管后宫的她还是指名要选“谢氏诸女”入宫。

当时被选入宫的，还有天台人贾涉的女儿贾凤女。贾凤女的父亲贾涉一生抗金，是被列入《宋史·名臣传》的南宋忠臣。

谢道清虽长得端庄大方，但论及姿色，显然不及贾凤女。关于贾凤女的美丽，史书记载她“生有殊色”，可见长得是非同一般的美丽。

宋理宗一见贾凤女便惊为天人，贾氏不但美艳绝代，而且灵慧乖巧，很懂男人心思，宋理宗一下子就被她迷住了。然而杨太后坚持要立谢道清，说“谢女端重有福，宜正中宫”——杨太后认为谢道清为人端重大方，长得又有福相，是当皇后娘娘的不二人选。朝中也议论纷纷，都说放着真皇后不立，哪有立“假皇后”（贾皇后）的道理。

宋理宗对太后一向不敢违逆，只得立谢氏为皇后。1227 年岁末，谢道清被册封为皇后。从一介洗菜女子到通义郡夫人，到美人，到贵妃，再到皇后，谢道清身份的转换实在太快了，她甚至还没来得及回过神，一顶凤冠就戴在头上了。

谢道清被册封为皇后，而绝色美人贾凤女被封为才人，直至杨太后死后，贾才人才被扶为贵妃。

二

谢皇后虽贵为六宫之首，长得也“莹白如玉”，但她毕竟不如贾贵妃漂亮，又没有什么才艺和媚人的功夫，宋理宗对她十分冷淡，她经常独守空房,冷冷清清。贾贵妃是名义上的贵妃、实际上的皇后。谢皇后独守空房时,宋理宗则与贾贵妃芙蓉帐暖,夜夜春宵。

谢皇后贤良恭俭,对于杨太后,她恭敬而细致地侍奉,每日早晚必去请安,像一个普通的儿媳那样尽着孝道。对后宫的妃嫔,谢皇后也非常宽容和顺。婆婆杨太后对谢皇后的气度和贤淑十分赞赏,认为她有大家风范。谢道清立为皇后两年后,1232 年,七十岁的杨太后去世。杨太后一死,谢道清仿佛失了主心骨,在宫中的日子更加寂寞。

谢道清记得自己当初被要求进宫时,她的叔父就泼冷水说,以谢道清这样的资质相貌,怎么可能嫁作君王妇?与其被长久冷落,做个白头宫女,还不如不去,择个好人家嫁了,倒也能白头偕老。

谢道清倒是成了帝王妇,可是除了空享名头外,她在感情上的寂寞与被打入冷宫的宫女又有什么两样呢?宫廷生活对她而言只是一杯白开水,淡而无味。

好在她是个平和恬淡、温婉敦厚的女子,她坦然地接受着命运的安排,她无意后宫争宠,她知道,稍有不测,凤冠霞帔就可能易主。何况,这顶凤冠,本不是宋理宗心甘情愿给她戴上的。

宋理宗是南宋的第五位皇帝,宋理宗本不是皇子,而只是宋朝皇家的一个本家亲戚,宰相史弥远把十八岁的他带入宫中,后又假传圣旨废掉原来的太子赵弘,宋理宗以一介平民之身份,登上了皇帝宝座。这个曾经远离权力中心的少年,做梦也没想到自己能坐上龙椅。

宋理宗虽名为皇帝,但是宰相史弥远操控着朝中的一切,当时临海人陈耆卿在朝中做官,他有点书生气,为官刚直耿介,右丞相史弥远对老陈的才华很称道,不过认为老陈做事不圆通,对人说:“陈寿老好一台谏官,只太执耳。"陈耆卿因而受到史弥远的排挤。宋理宗深知自己根基单薄,于是奉行韬光养晦的策略,对政务完全不过问,但他是个富于心机的人,也懂得权力斗争中的生存策略。就像他对杨太后为他安排的皇后深感不满,但深知自己翅膀还没有长硬,不能也不敢拂太后懿旨,他以"娶妻娶德,选妾选色"来安慰自己。"娶妻娶德,选妾选色"是封建时代男人的择偶标准,也体现了中国古代社会对女子的双重价值标准,即实用价值和娱乐价值。男人需要一个贤惠的女人来管家,主持大局,打点家中大小事务,因此,作为正室的妻子必须温、良、恭、俭、让,因为要"门当户对",少不了政治联姻、经济合作。但他同时又需要一个美丽妖娆的女子陪他作乐,让他享受人生的乐趣。

宋理宗专宠贾贵妃,因为爱屋及乌,后来贾贵妃仪表堂堂的同父异母的弟弟贾似道因为裙带关系还成了当朝的丞相,权倾一时。宋理宗对贾贵妃用情至深,言无不从。贾贵妃为宋理宗生了南宋唯一的小公主瑞国公主,宋理宗视这个女儿为掌上明珠,只可惜,"红颜自古如名将,不许人间见白头",红颜薄命的贾贵妃,女儿才七岁,她就香消玉殒了。

贾贵妃死了,又有阎贵妃来争宠。后宫粉黛那么多,柳叶眉、樱桃口、小蛮腰,个个都是人尖儿,个个都想出头,皇上难免乱花迷眼。

谢皇后处处小心,生怕惹出后宫事端,激怒皇上。她在宫廷内举止端庄,进退有度,面对先是贾贵妃后又阎贵妃的得宠,她不拈酸吃醋,反倒处处忍让,"处之裕如,略不介怀"。上上下下都知道谢皇后是个安分守己的女人,一个好说话的女人,一个抹去了锋芒的女人。也许谢道清只有用这种方式,才能保住自己的位置,也许她本来就生有宠辱不惊的性格，也许，她早已看透世事，心如止水。内中滋味万千，大概也只有自己明白了。

靠着处处忍让，谢道清在杨太后死后、宋理宗独掌朝政后没有落得个“废后”的下场，反而赢得了理宗的敬重。

后宫的确需要像谢道清这样性格温顺、大度豁达的女人当中宫。因此，在五十年的漫长岁月里，后宫一直和睦安定，没起争端。

宋理宗对谢皇后虽然没什么感情，对谢皇后的大度还是看在眼里的，由此看来，宋理宗也不是个拎不清的人，他对谢道清“礼遇益加焉”，皇后应该享受的待遇一样也没少给她，包括对她家里人的封赏升官，算是给了谢道清一个安慰。

三

要说谢道清全然没有想法，也不尽然。尽管在当皇后的日子里，谢道清从来没有走到历史的台前，她恪守“后妃不得干政”的祖宗家法，很少表现出政治上的才干。何况，她对政治也实在没有什么兴趣，那是男人家的事情，一个女人家，要那些韬略干什么？从性格上看，谢道清温柔敦厚，不露锋芒，但不是个有主见的人，所以有人评论她“缺乏一种贤内助的刚性，无能辅助丈夫治理国政，虽是应运的国母，却包含着应劫的气数”，这句评价是很中肯的。

1233 年，宰相史弥远去世。史相死后，宋理宗压抑已久的政治热情被激发出来。当年的韬光养晦就是为了日后的宏图大展，独掌朝政后的宋理宗，终于可以一展抱负。宋理宗不是一个甘于平庸的人，他要露一手让人家看看。宋理宗翦除了史弥远的党羽，在政治、经济、文化上进行大刀阔斧的改革，史称“端平更化”。

这时，蒙古军队的铁蹄踏破了中原的宁静。宋理宗权衡利弊，决定联蒙灭金以报靖康之仇。虽然当时有人反对联蒙灭金，认为是自毁长城之举：金国一灭，就少了一道藩篱，蒙古兵就会长躯直下。但此时的理宗一心念着国恨家仇，决意灭金——岳飞之所以抗金不已，就是因为“靖康耻，犹未雪”。当年徽宗、钦宗二帝被俘，是宋人难以忘怀的国耻。

1234 年，宋理宗联合蒙古国灭金，金国皇帝哀宗见大势已去，自缢而死，宋军在灰烬中找到金哀宗的遗骨并将其带回临安。

宋理宗将金哀宗的遗骨奉于太庙，以告慰被金人掳走的北宋徽、钦二帝在天之灵，一雪百年前的靖康之耻。

宋理宗总算做了几件扬眉吐气的大事，朝野上下对他赞声不绝，他心情大快。

皇帝心情好，后宫心情自然也跟着好。谢皇后爱吃家乡的菌菇，于是台州的合菌便源源不断入贡朝廷。合菌外褐而内玉洁，气味芳香，据说合菌原名台菌，理宗远远看去，误把“台”字看成“合”字，遂起名合菌。进贡的除了菌菇，还有橘子。每年秋天，当黄岩的青橘进贡来时，宋理宗很高兴，把青橘作为上品供于太庙，然后召集后妃分食。每人一只，由宋理宗亲自放入她们的袖中，谁也不多一只，谁也不少一只。一时间，上上下下一团和气，呈现出一种家和万事兴的味道。

灭金后，宋理宗错误估计了形势，想趁机抚定中原，收复三京。然而“端平入洛”的失败，不但让南宋损兵折将，也破灭了他收复故土的雄心。

随着年岁的增长，宋理宗身上的锐气一点点消失。他开始当甩手掌柜，凡事交给大臣处理，当甩手掌柜的结果是，朝政相继落入丁大全、贾似道等奸相之手。

宋理宗对程朱理学非常推崇，对于那些已故的理学大师，如程颢、程颐、朱熹等人，宋理宗都赐给谥号，请进孔庙。一方面他大力宣传“存天理，灭人欲”，一方面又纵情声色。贾贵妃死后，他专宠阎贵妃，对阎贵妃言听计从，阎贵妃想修功德寺，宋理宗就动用国库，结果修得比自家祖宗的功德寺还要富丽堂皇。阎贵妃是个会来事的女人，仗着宋理宗的宠爱，骄横专恣，干权乱政。

除了阎贵妃，宋理宗经常召一些歌伎舞女进宫。宋理宗的祖上，那个风流皇帝宋徽宗看上名妓李师师，也只敢搞“地下活动”，挖条地道通到她家，每每赶来相会，又让高手匠人在地道两端安装摇铃，有如后世之电话。尽管如此，徽宗始终不敢公开召李师师入宫。而宋理宗连这些遮人耳目的把戏也不玩了，堂而皇之将临安名妓唐安安召进宫来。

那唐安安也不知用什么法子，把宋理宗迷得七荤八素，宋理宗竟然舍不得让她离开，而把她留在宫里，赏给她金银珠宝不知其数。唐安安家中的用具——上到妆盒酒具，下到水盆火箱，都是用金银制成的。

宋理宗胡闹得实在太出格了，大臣就上书劝谏，宋理宗自己也觉得有点不好意思，嘱咐该大臣不要把奏本给别人看，以免有损皇帝的形象，不过，美人，他还是舍不得放。宋理宗的胡闹，让南宋国力日渐衰败，理宗时的宰相吴潜在《许国公奏议》中言："耕夫无一勺之食，织妇无一缕之丝，生民熬熬，海内汹汹。天下之势譬如以漓胶腐纸粘缀破坏之器，而置之几案，稍触之，则应手堕地而碎耳。"国家形势就像用烂纸粘住的破碎瓷器，只要一碰到，就会倒地成碎片。

谢皇后虽看在眼里，但知道自己只是个空架子，一个摆设，在皇上心中没什么分量，劝了也是白劝，除了暗自叹息，别无他法。

宋理宗沉醉在温柔乡中时，元军却对南宋虎视眈眈。1259 年，元军大举进犯南宋，包围鄂州（今湖北武昌），宋理宗见势不妙，召集文武百官议事，一些大臣向宋理宗建议从临安迁都到四明（今浙江宁波），以避元军锋芒，另外一些大臣则反对迁都。两派人意见不同，吵得不可开交。

宋理宗听听这个说得有理，那个说得也没错，一时决定不下，忽然心血来潮想听听皇后的意见。

谢道清坚决反对迁都，她说，一百多年前，大宋都城不在江南，在北边的汴京。被金兵一打，打到南边的临安，但也持续了一百五十多年，如今一旦迁都，动摇军心，也动摇民心，于大宋江山有百害而无一利。宋理宗听听很有道理，遂放弃了迁都的念头。宋理宗在位时，谢道清一向以温婉的面孔示人，从不对时政说三道四，这大概是谢道清第一次参与朝政，也是唯一一次在宋理宗面前表达自己的政治见解。

四

宋理宗与贾贵妃所生的女儿瑞国公主渐渐长大了，谢道清没有孩子，对这个漂亮的公主十分喜爱，宋理宗对这个女儿更是百般宠爱，女儿到了要嫁人的年龄，宋理宗与掌管后宫的谢皇后商议起为女儿择婿的事，又参考了大臣们的意见，最后决定让新科状元周震炎当乘龙快婿。周震炎奉命到宫廷面谢皇恩时，公主躲在屏风后面看了一眼，觉得给自己当丈夫的这个人长得不够帅，闷闷不乐。宋理宗明了女儿的心思，他决定另给女儿择婿。

过了两年，宋理宗把公主嫁给杨太后的侄孙，一是念杨太后拥立他当皇帝有功，二是这侄孙长得一表人才，很合公主心意。谢道清与杨太后感情本来就深，见公主嫁给杨太后的侄孙，自是一个劲说好。

公主出嫁后，思女心切的宋理宗为了能时时见到公主，就在皇宫边上为公主修建了一座气派的府第，“飞楼阁道，密通宫苑”。宋理宗时常轻车简从去看宝贝女儿，史书上记载：“帝常御小辇从宫人过公主第。”

然而，瑞国公主跟她母亲贾贵妃一样，也是薄命之人，1262 年，出嫁不过三年的瑞国公主病死了，她没有留下孩子，死时不过二十二岁。当年谢道清入宫前家中飞来喜鹊，而蹊跷的是，公主生病前，公主府上的捣衣石停留着一只不知从何处飞来的黑鸟，簸箕大小，仆人皆以为是不祥之兆。到了年末，公主就病死了。宋理宗年轻时两个儿子早夭，现在人到老年，唯一的女儿又病死了，他“哭之甚哀”，公主之死对宋理宗的打击可想而知。公主之死，好像在帝后的生活中掀起沉沉帷幕的一角，让人窥知繁华背后的黑暗与虚空。深宫之内，不是没有亲情，只是它来得那么少，那么的短暂，那么的不能尽如人意。

公主死后第三年，宋理宗病死。

宋理宗在位四十年，在宋朝十八位皇帝中在位时间属第二长，仅比宋仁宗少一年。宋理宗死后葬于会稽（今绍兴）附近的永穆陵。南宋有六位皇帝皇后归葬于此，后人称“宋六陵”。南宋诸帝，一直怀着收复北方失地，光复祖宗旧业的梦想，希望有朝一日收复中原后再一并归葬河南巩县的北宋祖陵，故均未大造陵寝，尸体只做浅埋，名曰“攒宫”。

让宋理宗没想到的是，他死后不过十几年，南宋就灭亡了。1285年，他的皇陵被一个叫杨琏真迦的僧人盗挖，除了他的陵寝，南宋诸帝与杨太后陵寝也无幸免。宋理宗入殓时被水银浸泡，所以尽管过了十几年，他的尸身尚未腐烂，墓室内珠宝环绕尸体，棺底垫着织锦与金丝网罩。盗贼们搜光棺中宝物，又将其尸体倒悬于陵前树林中，取出其口中的夜明珠，沥取水银。随后将宋理宗头颅割下，送交北京大都元朝统治者，其躯干则被焚毁。杨琏真迦令人找到宋理宗的头骨，将其截开，镶银涂漆后，制成盛酒的器具使用。

朱元璋灭了元朝后，听说此事，唏嘘不已，便将宋理宗的颅骨带回南方重新下葬，宋理宗才算得以安息。

五

谢道清一生未育，也有人认为她一生从未承受过皇上雨露，甚至有人根据史书上记载她肤色“莹白如玉”，而猜测她为白化病人。宋理宗与后宫妃嫔生有两个儿子，却都早早夭折。赵宋王室大多单薄孱弱：真宗赵恒六子夭折五子，仁宗赵祯三子没一个存活，神宗赵顼夭五子，哲宗赵煦子女全夭，高宗赵构的独养儿子被惊吓致死，宁宗生了八子全都夭折，宋理宗虽有两子也都早夭……

没有子嗣的谢道清，深恐日后没有着落，便收养了宋理宗的侄子赵禥为义子。后宋理宗立赵禥为太子，是为宋度宗。宋理宗把祖宗家业交给这个侄子，他没想到的是，他选定的接班人，却让王朝走上快速覆灭的道路。

宋度宗赵禥是南宋历史上有名的昏君。宋度宗赵禥的母亲是侍女，身份卑微。她在怀孕期间私自服用了堕胎的草药，结果胎儿没打掉，反倒严重影响了胎儿的发育。赵禥先天不足，手脚无力，很迟才学会走路，七岁才开口讲话。宋理宗延请名师，想把接班人培养好，无奈赵禥资质实在太低，无论怎样费尽心思，都无多大长进。

宋理宗和皇后谢道清也知道赵禥天资愚钝，不思学习，平庸无能，宋理宗做主，为他娶了一位识大体的妻子，目的是让她来辅助这个不成器的侄子。

赵禥的妻子名叫全玖，是赵禥的表妹，她出身名门，是宋理宗母亲的侄孙女。全玖的父亲是一位地方官，全玖自幼随父亲游历各地，见多识广，兰心蕙质，谈吐不凡。全玖初入宫时，宋理宗有一次跟她聊起家事，说："令尊宋宝祐间尽忠而死，每每念及，深感哀痛。"全玖回答得十分得体："我的父亲固然值得追念，可淮、湖地区的百姓更值得挂念。"宋理宗觉得让这样一位明事理的女子来辅助傻头傻脑的养子赵禥，再合适不过了。他跟掌管六宫的谢道清一通气，谢道清深以为然，就这样，全玖被册封为皇太子妃。

全玖是后宫中与谢道清走得最近的一位女人，也许是共同的命运把她们联系在一起,也许是相似的人生境况让她们有了共同语言。

1264 年,二十五岁的宋度宗即位,全玖被册封为皇后,由此成为南宋的末代皇后,而谢道清被尊为皇太后。

文臣武将对赵禥的能力心中有数,此时赵禥虽已二十五岁,但仍有人上表请求谢太后垂帘听政,对此提议,也有大臣提出“不合祖宗法度”,谢太后也坚辞不受,此事就不了了之。

宋度宗显然是个浪子,登上皇位获得了古代帝王“夜夜不空过”的权力,也获得无所顾忌、不被管束的自由,他纵情声色而不加节制。这个病病殃殃的男人,性子里却有癫狂的一面,就这么没日没夜、不管不顾地浸泡在脂粉堆里。有一件事很能说明他的放纵:根据宫中旧例,凡是皇帝临幸过的嫔妃,次日早晨要到阁门感谢皇帝的宠幸之恩,主管的太监会详细记录下受幸日期。宋度宗刚当上皇帝时,一次前来谢恩的嫔妃竟然多达三十余人,由此可见宋度宗荒淫到了何等地步。

宋度宗日夜沉溺于酒色之中,连公文也懒于批复,而是交给爱妃处理,这个爱妃自然不是全皇后。皇后的贤良又有什么用呢?要说贤良,大宋皇后倒真是以贤良居多,除了光宗赵惇的皇后李凤娘天性悍妒外,太祖赵匡胤的王皇后常洗手入厨为丈夫操办膳食;仁宗赵祯的曹皇后性慈俭,亲自带领宫嫔们在苑内种植谷物,采桑养蚕;徽宗赵佶风流成性,但皇后郑氏生性节俭,她被册封时,怕浪费,连皇后冠服都用贵妃服改制……

南宋摊上这么个不知深浅的皇帝,朝中大小事务自然被贾似道掌控。宋度宗乐得逍遥自在,他本不是胸怀天下的人,有人理政,正好让他省心,于是他终日沉湎于醉生梦死的荒淫生活中。

贾似道在朝中权势熏天，还不时玩些请辞的把戏，搞得宋度宗非常紧张。宋度宗不知是计，每次都是积极挽留，最后甚至不顾天子之尊，跪请贾相留任。贾似道也通过这种伎俩使自己的地位越来越巩固。到了1270年，贾似道上朝不但可以不拜，退朝时皇帝还要起身离席向他行“注目礼”。谢道清是皇太后，又是他的台州老乡，他表面上倒尊敬有加，实际上他知道这个皇太后不管事，也管不了什么事，只要做到表面客气就可以了。

为了蒙蔽宋度宗，贾似道严禁谈论边事，违者重处。大臣们惧怕他的淫威，在宋度宗面前不敢提边关半个字。

宋度宗以为边境无事，天下太平，更是放心地寻欢作乐，但是风声多多少少还是会吹到宋度宗的耳朵里。有一次宋度宗问贾似道：“襄阳被蒙古兵包围了三年，怎么办？”贾似道竟然反问宋度宗：“北兵早退，陛下从哪里听来？”

宋度宗支支吾吾地说：“刚听宫女说起。”贾似道便找了个借口把那宫女杀了。凡朝臣谈及战事的，也都一律被贬到州县，不许在朝为官。

兵临城下，奸臣当道，这时的南宋已处于风雨飘摇中，谢道清眼见着宋度宗如此荒唐，也知道南宋气数将尽。

1274年，宋度宗因酒色过度病逝，死时年仅三十五岁。他在位十年，把大宋江山推向不归路。

此时，蒙古人正磨刀霍霍，随时将杀向“三秋桂子，十里荷花”的钱塘。

而每一个和王朝捆绑在一起的人，又会踏入怎样的末路呢？

六

宋度宗死时留下三个未成年的儿子：杨淑妃所生的赵昰（五岁），全皇后所生的赵显（三岁），俞修容所生的赵昺（二岁）。

谢太后召集群臣商议立帝，众人以为杨淑妃所生赵昰年长当立，但贾似道和谢太后都主张立全皇后所生的儿子赵显为太子，理由是赵显天资甚高，母亲又有皇后的尊贵身份。子以母贵，光凭这一条，就可以轻易堵住别人的嘴。事实上，赵显的确天资聪明，颇有慧根，若不是南宋大限已至，他成为一个明君不是没有可能的。

就这样，三岁的赵显成了娃娃皇帝，谢道清成为太皇太后。

恭帝刚即位，宋度宗的尸体还没下葬，元丞相伯颜率领的大军已从湖北沿江而下。大宋江山一步步走向末路。

一个三岁的黄口小儿懂什么？大臣恭请六十五岁的太皇太后谢道清垂帘听政。谢太后以"年老且疾"推辞。她不是玩欲擒故纵的把戏，她是敦厚之人，没有这么多弯弯肚肠，她知道自己没有一丝半点的雄才大略，一双柔弱的手握不住芒刺丛生的权柄。她缩在后宫五十多年，她愿当皇帝的影子，悄无声息的，可时局却把体弱多病、老迈年高的她推向政治的风口浪尖。如果天下太平，她乐得"无为而治"，而宋朝的灭亡已经呈不可逆转之势，已近古稀之年的谢太后，守着三岁的宋恭宗赵显，如何能扛住势如危卵的局势？此时的南宋像一辆吱吱乱响的破马车，病病歪歪的她连坐车的力气都没有，却要她坐在车头驾驭破车，她实在是力不从心啊。

终究架不住“大臣屡请”，谢太后勉勉强强同意垂帘听政，挑起扶幼理政的重担。

这时蒙古军势如破竹，长驱东下。孤儿寡妇，面临国破家亡的恐慌，官员们一致要求贾似道亲征，认为只有这样才能扭转乾坤。

于是，谢太后命贾似道率十万大军迎敌。贾似道纵然怕死，但不敢不从。虽然朝中对贾似道的指挥能力心中大抵有数，但没想到这支十万大军，这么快就被元军击溃。一时间，朝中哗然，诛杀贾似道之声不绝。

贾似道乃“三朝元老”，又是先帝宋理宗的小舅子，还是谢太后的台州同乡，谢太后到底还是下不了手。尽管杀贾之声不绝于耳，但谢太后没有答应诛杀贾的要求，而将贾似道罢官放逐。

在押解的路上，监押官郑虎臣多次暗示贾似道以自尽来了结自己的一生，但贾似道还心存幻想，说谢太后只是贬他，并不是杀他。最后，贾似道没有逃脱命运的安排，被监押官郑虎臣杀死在厕所里，落了个遗臭万年的下场。

七

蒙古大军兵临临安城下，南宋已如风中之烛。

见局势不妙，临安城里那些醉生梦死的官僚脱了锦绣官服，弃印逃离，他们比别的人更早听到大厦将倾的嘎吱声。看得清时局是一面，另一面，他们也实在不相信老迈年高的谢太后有什么力挽狂澜的招数。

整个江山都沉甸甸地压在谢太后年迈的身上，她老迈的身躯又如何载得动呢？谢太后感到大厦将倾的悲凉，她命人在朝堂上张贴出一道诏谕，大意如下：

大宋得天下三百余年，对士大夫一向优待。如今我与幼帝遭难，竟然无人出谋划策。朝内辅臣玩忽职守，州城守将弃印丢城。国难当头，你们做出此等不仁不义之事，有何面目见列祖列宗。大宋江山未改，国法尚在，自即日起，文武官员凡尽心守职者，一律官升两级，倘有临难弃官出逃者，御史将严加追究惩处。

然而，在蒙古步步进逼的铁骑下，太后的谴责显得如此无力，一纸诏谕成了一纸空文。不管她用国法威吓，还是高官引诱，对那班离心离德的臣下来说，都无济于事了。

1275 年，发生了日食，百姓都认为这是凶兆，朝野上下更是人心浮动，更多的官员脚底抹油，溜了。1276 年正月，短暂的休战后，偌大一个皇宫，仅有六名官员出现在朝堂上。

大宋江山岌岌可危，此时大臣们纷纷提出迁都。

迁都？一百五十多年前，大宋的都城就是在汴京，在金兵的马蹄声中，逃到“三秋桂子，十里荷花”的钱塘。如今，在蒙古兵的马蹄中，又要往何处去？先帝宋理宗在时，也有人提起迁都，如今的太皇太后，即当年的谢皇后是竭力反对迁都的，搬一次家都要伤筋动骨，何况是迁一国之都，枝枝蔓蔓哪样不动到？

可是这一回跟宋理宗在时已不一样，蒙古兵的厮杀之声已近在眼前。迁还是不迁？

谢太后左思右想，此一时彼一时也，树挪死，人挪活，也许迁都尚能赢得一线生机。

谢太后终于点头同意迁都。可是商议迁都这样的大事，竟然会忘记定下出行的具体时间，南宋注定气数将尽。谢太后做好出行的全部准备，宫车已备好，但左等右等，从早等到晚，就是没等到执意要迁都的丞相陈宜中的出现。一向好脾气的谢太后气得要命，这不是戏弄我孤儿寡母吗？愤怒之下，她拔下头上的簪子扔到地上，决定不迁了，任谁求见都没用。关系国家前途的迁都大事，就这样被当作儿戏不了了之。

谢太后不愿江山社稷从她手中失去，面对步步进逼的元兵，她多次号令抗元，赣州知州文天祥招募数万义兵赶来护卫临安；台州杜浒招募义兵四千奔赴临安，其间虽也有几次回光返照的胜利，然而大势已去，县城一个个被攻破，逃跑的将士比守城的将士还要多。

元军兵临临安城下，黎民百姓面临着刺刀和血腥。面对不可挽回的局势，谢太后请求元朝罢兵议和。

元军已决定灭宋，谢太后伸出的橄榄枝被拒绝。

太后无奈，一步一步后退。先是提出向元朝称“侄孙”，不行，那就再退一步，称“君臣”。有人提出称臣无以面对列祖列宗，谢太后老泪纵横：“只要能保住江山社稷，还计较什么臣不臣的称呼！”

元军还是没有答应。背后烽烟弥漫，铁蹄声碎，元军的厮杀声已隐约可闻，朝廷已乱成一锅粥了，只等谢道清拿出一个主意来。

山穷水尽，无路可走了。硬拼是不行的，满朝文武官员，逃得差不多了，树未倒而猢狲已散，何况，硬拼的话有可能惹来屠城之祸，到那时可能血流成河，为了保全黎民百姓，只有把江山拱手相让了。

谢太后艰难地做出降元的决定，向元军统帅伯颜奉上传国宝玺，并以恭帝名义呈上降表。

在决定降元同时，谢太后命陆秀夫等旧臣携幼主益王赵昰和广王赵昺出逃南下，江山不保了，但有赵氏的血脉在，或许有朝一日，能东山再起，恢复南宋江山。

谢太后在归降表上用苍老的双手签下自己的大名，随后抱着五岁的小皇帝宋恭帝出城向元军投降。

宋度宗的琴师、宫廷诗人汪元亮有诗云：

乱点连声杀六更，荧荧庭燎待天明。
侍臣已写归降表，臣妾签名谢道清。

元朝伯颜元帅宣读了元世祖忽必烈的诏书，并赦幼帝死罪，要宋朝皇帝速往大都朝见元朝皇帝。见年幼的恭帝还是一副懵懂的样子，谢太后强撑着病体，流着泪对恭帝说："承蒙天子仁慈，留你一条性命，还不赶快拜谢！"年仅六岁的恭帝对元帅的屈膝一拜，宣告大宋江山全部落入元朝手中。

这是 1276 年 2 月间的事。

软弱的南宋王朝，最终以"国破山河碎"的结局宣告终结。

当年，宋朝的开国皇帝赵匡胤从后周孤儿寡母手中夺得江山，三百多年后，大宋江山又在孤儿寡母手中失去。后人写诗讥讽道：

当日陈桥驿里时，欺他寡妇与孤儿。

谁知三百余年后，寡妇孤儿亦被欺。

历史开了个并不好笑的玩笑。说句最通俗不过的话便是：出来混，迟早是要还的。

南宋归降后，南宋大臣陆秀夫、文天祥等拥立七岁的赵昰做皇帝，称宋端宗，南宋的流亡政权走向了长达三年的担惊受怕的逃亡之路。

1278 年，九岁的宋端宗赵昰在逃亡途中受飓风惊吓，一病而死。陆秀夫等人又立六岁的赵昺为帝，迁居崖山（今广东新会南海中）。1279 年，在元军追击下，走投无路的陆秀夫抱着七岁的末帝赵昺投海而亡。南宋自高宗赵构立朝至少帝赵昺投海，立九帝，经一百五十二年。

南宋流亡政权的灭亡，宣告南宋王朝的彻底终结。

八

国破家亡后，全太后、恭帝被押往大都，三千嫔妃被俘虏北上，一路辗转困顿，一路饥寒交迫，途径北宋时的都城汴梁夷山驿站时，度宗的嫔妃王清惠在驿站墙壁上写下了一首《满江红》：

太液芙蓉，浑不似、旧时颜色。曾记得，春风雨露，玉楼金阙。名播兰馨妃后里，晕潮莲脸君王侧。忽一声，鼙鼓揭天来，繁华歇。

龙虎散，风云灭。千古恨，凭谁说？对山河百二，泪盈襟血。驿馆夜惊尘土梦，宫车晓碾关山月。问嫦娥，于我肯从容，同圆缺。

千百年之后，我们仍能从这首词中读出悲戚、忧愤与无奈。

当恭帝与全太后被押北上时，谢太后并未同行，她年老多病，加上亡国的沉痛竟一病不起，元世祖允许她暂留临安养病。半年后，她也在元军的逼迫下启程。到大都后，忽必烈给她挂了个“寿春郡夫人”的虚衔。

忽必烈为了瓦解南宋残余势力的斗志，对谢太后和恭帝都很优待。恭帝到大都不久，被封为开府仪同三司、检校大司行政、瀛国公。在生活上，谢太皇太后、年幼的废帝和他的母亲全太后没有吃到什么苦头，但时时处于元世祖控制中。

全太后聪慧温婉，忽必烈的察必皇后也喜欢这个南宋的末代皇后，时常跟她拉拉家常。当全太后以水土不服、不习惯北方生活为由，向察必皇后提出让她和儿子搬回到南方老家居住时，察必皇后代她向忽必烈求情，忽必烈一直没有同意。忽必烈这个大漠之子不仅识得弯弓射大雕，也懂得治理天下。当察必皇后再次提出时，忽必烈说：“尔妇人无远虑，若使之南还，或浮言一动，即废其家，非所以爱之也。”意思是说，妇道人家，看问题就是不长远，如果放全太后母子回南方，有可能生变。

全太后自知回故乡无望，绝望之下，遂出家为尼，在青灯黄卷中了此残生。

元世祖忽必烈始终对当年的恭帝如今的瀛国公心怀戒备，赵显十二岁时被迫与母亲分离，迁居到元上都（今内蒙古自治区锡林郭勒盟）。当赵显十八岁时，他怕忽必烈对他起杀心，主动向忽必烈请求脱离红尘，忽必烈赐他许多钱财，送他去吐蕃（今西藏）学佛出家。赵显天资极高，在西藏潜心向佛，后成为一代佛学宗师。

赵显没能善终。1323年，赵显突然被诬以煽动天下人心，赐死于河西（今甘肃河西走廊）。原因是他写了一首诗："寄语林和靖，梅花几度开？黄金台下客，应是不归来。"梅妻鹤子，钱塘江畔，他到底还是忘不了故都临安（今杭州）啊。他被元朝派出刺探动静的人告发，这首诗送到元朝皇帝手中，元朝皇帝元英宗一见此诗，杀气顿生，这赵显自比洁身自好的林逋，还用了燕昭王筑黄金台招揽天下雄才的典故，诗里藏着煽动民心，反抗大元之意，十足一首反诗啊。元英宗立刻下诏赐死赵显。南宋废帝恭帝死时，不过五十三岁。

国破家亡的谢太后充满哀伤，遥望南方，她常常感慨。这就是谢道清的生命和生活。人生就像一出戏，生旦净末丑一一登场，南宋对她而言，是颓败而朽坏的戏台，她本是南宋的女一号，有着最多的戏份，她却心甘情愿把自己当成配角。而当她在紧锣密鼓中被逼着出场亮相时，却已快到曲终人散时。她自己也知道，戏演得最热闹的时候，就是快要收场的时候。谢道清的一生，以喜剧开场，却以悲剧告终。最后，大幕一拉，意兴阑珊，她在悲凉寂寞中收了场。

七年后，即1283年，南宋亡国太后——七十三岁的谢道清在孤寂中病死于他乡，后归葬于家乡，墓葬邻近其父亲的陵室。她生前无法回到江南，死后，终于回到了魂牵梦萦的故乡。

严蕊：莫问奴归处

严蕊的一生，有点像言情小说，风月无边，情节曲折。她是美女也是才女，更是侠女，任何一种身份都可以演绎出很多的故事。

严蕊，她的名字在尘封的故纸堆里依旧氤氲着香气。时光流逝了八百多年，多少功名灰飞烟灭，多少风流被雨打风吹去，而这个生活在社会最底层的风尘女子，凭着那颗不屈而高贵的心，一直被后人怀想。

严蕊是名妓，是名妓少不得风花雪月，然而，对严蕊而言，美人名妓是其表，而深隐其内的侠义铁骨，便是须眉亦难以企及。的确，“仗义每多屠狗辈”，“自古侠女出风尘”，文学史上留名的侠义女子，鲜有豪门千金、良家妇女，绝大多数都是风尘中人，如梁红玉，如严蕊，如柳如是，如小凤仙，从社会底层走出来的她们，有着无限繁复的情感。这些个义薄云天的女子，色艺双全，侠骨柔情，在无边风月中，以才情与侠义为自己写下笔墨饱满的一笔，也为后人留下了一个个鲜活的文化标本。

一

严蕊是贫寒人家的女儿，姓周名幼芳，严蕊是她的艺名，她是南宋初年的营妓。营妓属地方官妓，聚居于乐营教习歌舞，娱乐官员之用，官妓，必须无条件地应承官差，随喊随到。身为营妓，虽然地位卑贱，但跟宫妓、官妓一样编入国家正式编制（乐籍），由国家财政供养，衣食无忧，待遇还是不错的。

严蕊美貌绝伦，歌舞技艺出众，是那一行当的拔尖人才，当时人称其为青楼里的"都行首"，也就是首席妓女。宋末著名词人周密称严蕊"善琴弈歌舞、丝竹书画，色艺冠一时"。严蕊琴棋书画、轻歌曼舞，样样出色，是正宗的美女加才女。花魁严蕊一出场，玉指纤纤，秋波滴溜，歌喉婉转，艳惊座下。临海的友兰巷原名勾兰巷，当时就住着许多民间职业艺人，严蕊就住在勾兰巷北面的璎珞巷里。作为风月场所的拔尖人才，严蕊赢得社交场合的众口赞誉，她"善逢迎。四方闻其名，有不远千里而登门者"——文人墨客趋之若鹜，甚至千里之外的粉丝都专门来拜访，想一亲芳泽，可见严蕊之走红。

当时的台州太守叫唐仲友。唐仲友是个饱学之士，就是我们现在所说的学者型官员，他是南宋时有名的"刻书家"，后来朱熹弹劾他的罪状里就有一条——"用公款刻书"。他在台州任上所刻的书有《荀子》《杨子法言》等。《荀子》为二十卷本，刻成后，人称"宋椠上驷"，赞其"雕镂之精，不在北宋蜀刻之下"。现日本尚有藏本，谓"稀世之宝典"，嘱"子孙世守之"。担任台州知府的时候，唐仲友还是做过一些利民的好事，比如办学校、建桥梁、安抚灾民等。

从中国历史来看，狎妓历来是中国文人的保留节目，文人与妓女的关系素来亲密，文人们对自己的风月生活并不避讳，大诗人杜牧在扬州混了十年，整日出入青楼，洋洋自得写下"十年一觉扬州梦，赢得青楼薄幸名"的诗句。唐朝的杭州刺史白居易不少诗歌也自豪地记载了他嫖妓宿娼的行径。唐宋时代都有妓女陪酒的流俗，到了宋朝，此风日盛，几乎到了无妓不成宴的地步，苏东坡每每赴宴，席中歌妓常请他写诗，苏大诗人通常来者不拒，只要酒喝得尽兴，往往为她们留诗词一首，他留存的诗作中，有一百八十多首诗词是写给歌妓的。除了苏东坡，宋朝的晏殊、柳永、秦观、张先、周邦彦这些个著名诗人，无不是风月场中的老手。他们把青楼女子当成红粉知己，把最华美的词汇都给了青楼女子，歌颂她们的美貌与才情。

这没什么好奇怪，在封建时代，良家妇女受礼教的束缚，笑不露齿，行不动裙，灵与肉都是羞涩、封闭的。而青楼女子，是古代唯一能进入社会公共场所的职业女性，她们的行动不在礼教管束范围内，恣意纵情地张扬自己的美丽和才情，为男女间的交往增添了诗意情调和浪漫色彩。文人们与这些风情万千的红粉在一起，无论精神还是身体，都得到不同一般的享受。风流诗人周邦彦就在词中回味道，“一夜情浓似酒”，说与青楼女子共度良宵的滋味着实比酒还要浓烈。

公务之余，唐太守当然愿意跟严蕊这些花魁在一起，或吟风弄月，或寻幽探胜，或品茗赏花，享受一下生活的情趣，释放一下工作的压力。

二

作为一地长官，唐太守少不得迎来送往的公务应酬活动，而每有应酬，唐太守就请严蕊佐酒作陪。

严蕊出入社交场合如鱼得水，她风情万种，能歌善舞，应答得体，为官宴增添无数的情趣。所谓名妓，琴棋书画自然不在话下，写词更是严蕊的长项。桃花盛开的季节，某日，唐太守宴请当地社会名流，席间大谈风雅并赋诗绘画。唐太守向来客隆重推出严蕊，让严蕊进行才

艺表演,以“红白桃花”为题让她填词。严蕊很快写出一首《如梦令·道是梨花不是》:

道是梨花不是,道是杏花不是。白白与红红,别是东风情味。曾记,曾记,人在武陵微醉。

说这是梨花吗?不是。这是杏花吗?也不是。这样白白红红开着,别具风韵。还记得吗?那一日有人在武陵喝酒喝得微醉。词写得清丽俏皮,意蕴悠长,耐人寻味,似还有无限缱绻。“人在武陵微醉”是晋代诗人陶渊明在《桃花源记》中所描写的胜景,用典十分自然。全诗无一字桃花,说的却都是桃花。因了这首吟桃花的诗,后人将严蕊列为“十二花神”之列,称之为桃花神。

众人一致称道,唐太守大为激赏。他本身也是个诗人,公务之余游山玩水,赋诗饮酒。他游了临海汛桥的盖竹山,赋诗一首,其中就有“春光欲尽谁挽留?千林蕽蕽新绿柔。桐花远近淡无思,自开自落长悠悠”之句。严蕊的诗才让他有“棋逢对手”的感觉,他当场赏给严蕊绢帛两匹。

千金易得,知音难求,严蕊的才华得到了唐太守的赏识,一个低贱的歌舞伎人,能得到身居高位且才情风雅的唐太守的认可,严蕊内心充满欣喜。何况这个唐太守并非风月场中的轻薄之徒,而是内心厚实的饱学之士。

自此,唐仲友请客经常指名让严蕊作陪,市政府每有公务活动要举办鸡尾酒会之类,总少不了严蕊曼妙的身影。严蕊成了唐仲友最宠爱的官妓，两人关系十分亲密，他当她红粉知己，她当他知音难求。他们之间有着难以言表的情愫和默契。

严蕊周旋于各色人中间，青楼有青楼的规矩，容不得一个歌妓经常拿脸色给人看。但她真正乐于打交道的，是那些文人雅士。

很快，七夕到了，这是鹊桥相会的日子，风雅的唐太守少不得又大宴宾客，把酒吟诗一番。唐太守有一客人叫谢元卿，也是豪爽之人，早慕严蕊大名，想考考严蕊的才智，命其以自己的姓"谢"为韵作词，严蕊即作《鹊桥仙·七夕》一首：

碧梧初坠，桂香才吐，池上水花初谢。穿针人在合欢楼，正月露高泻。

蛛忙鹊懒，耕慵织倦，空做古今佳话。人间刚道隔年期，怕天上方才隔夜。

谢元卿被严蕊的才情彻底倾倒了，于是把她留在家里，缱绻半年，两情欢爱，"尽客囊馈赠之而归"。

然而，严蕊已厌倦了风尘日子，她知道以色事人者，色衰则爱弛。人生如朝露，青春易逝，红颜易老，她向唐仲友表明心迹，想早日脱离风尘。妓业是江南重要的财政收入，官妓脱籍须经州府特批。此时的唐太守已接到调令，到江西担任提刑使。他对严蕊这个美貌与才华并重的风尘女子心里不是没有爱怜的，于是用太守的职权准许严蕊等四人脱籍。这，也是朱熹参弹唐仲友的罪责之一：滥用职权，私放官妓。

但直到唐仲友调离，严蕊在妓乐司衙门的脱籍手续还没有办完。

这一年是南宋淳熙九年(1182)。

三

如果不是朱熹朱老夫子,严蕊完全可以按照自己的意愿生活。就在这一年,五十二岁的朱熹老夫子担任了浙东常平使一职,以巡按的身份赶赴浙东视察灾后工作。

朱熹是南宋的哲学家、教育家、文学家,宋以后儒家理学的大师,被后人奉为道德文章的光辉代表,所著的《四书集注》在明、清两代被定为士子必读教科书。就是说,他的《四书集注》为明清时代科举必考书目。他在台州干过一些好事,兴修水利、发展文化事业,黄岩的樊川书院、仙居的桐江书院,都曾是他讲学的地方。

这个时候,四十六岁的唐仲友已到江西任职。这年上半年,唐仲友又回到黄岩,他是为落实严蕊脱籍一事回来的。当年苏轼做客润州,太守设宴款待,席间官妓郑容、高莹二人趁机请求落籍从良,太守请苏轼代为决断。苏轼酒酣兴浓,挥笔写下一词:"郑庄好客,容我尊前先堕帻。落笔生风,籍籍声名不负公。高山白老,莹骨冰肌那堪老,从此南徐,良夜清风月满湖。"句首的打头字合起来便是"郑容落籍,高莹从良"。苏轼在杭州任太守时,还曾放钱塘一性善媚惑,外号"九尾野狐"的官妓脱藉。

唐仲友与严蕊常应酬唱和,但是落籍从良却是另一回事,唐仲友执意要帮严蕊脱籍,显然是动了真情。唐仲友是个才子,从他的行事风格判断,好像还有点多血质。他正当盛年,文采风流,难免恃才傲物，执永康学派立场的他对朱熹的那套理学很不以为然，言语上不免有所流露，举止上对朱熹也有点轻慢，由于学术意见的不同，他与朱熹的矛盾最终升级为官场上的派系之争。

朱熹高擎“尚方宝剑”奏劾那些他认为有荒政行为的地方官员。唐仲友便是他着重打击的目标之一。当时的两浙，正遭受饥荒，等待赈灾。朝廷让朱熹以巡按的身份赶赴浙东指导灾后工作。可讲究“存天理，灭人欲”的朱老夫子却觉得，治民甚于治灾。他在下基层中，接到群众举报，说唐仲友有作风问题，还让严蕊穿着内衣服侍自己洗澡，很不成体统。朱老夫子上的奏章中甚至还有“遗亲友市鲞，与民争利”之语。三个月里，朱熹六上奏章严词弹劾唐仲友，从残民、贪污、结党入手，事无巨细，均罗列其中，同时弹劾唐仲友私生活不检点，“与营妓有染”。

宋代重文轻武，言论钳制相对放松，是中国封建王朝中唯一没因言论杀知识分子的朝代，宋太祖登基后，于皇宫内与众大臣发誓并立碑勒字“不杀言官”，并以此为家训。宋朝的知识分子数量之多，地位之高，待遇之厚，学术环境之宽松，也是中国历史上所罕见的。宋太祖在“杯酒释兵权”后，为了防止功臣悍将作乱，就公开鼓励大臣们“多置歌儿舞女，日饮酒相欢，以终其天年”，要他们好好享受人生，目的是借声色来消磨手下人的斗志。据说宋朝初年有人看不惯，跑到宋真宗那里去打小报告。结果大内一合计：这是好事情啊！歌舞升平，声色犬马，这不正是“太平气象”吗！当时名士缙绅，无论朝野，皆以流连风月，怡情花柳相矜。风流皇帝宋徽宗就经常打着了解民间疾苦的幌子，下基层去找名妓李师师寻欢作乐，还上演了一出君臣为名妓争风吃醋的艳剧。

宋时的著名词人周邦彦是京城名妓李师师的老情人。一次周邦彦正在李师师处，宋徽宗忽然驾到，周邦彦无处可藏，只得藏身床下。宋徽宗从袖子里取出一个橙子，说是江南新贡，以讨好李师师。李师师用纤纤玉手剥开这个新橙，蘸了少许吴盐，送到皇帝嘴边，两人在红罗帐下温情调笑。床下的周邦彦听得百味杂陈。皇帝走后，周邦彦酸溜溜写了首《少年游》：

并刀如水，吴盐胜雪，纤手破新橙。锦幄初温，兽烟不断，相对坐调笙。

低声问：向谁行宿？城上已三更。马滑霜浓，不如休去，直是少人行！

也怪李师师自己不小心，在之后一次与宋徽宗温存之际，一时忘情，竟然在宋徽宗面前唱起了这首词。词未唱毕，宋徽宗这个孤佬的醋坛子就被打翻了，他大怒，哪个不要命的小子，竟敢拿天子的私生活来调笑，是可忍孰不可忍。徽宗追问作者是谁，李师师不敢隐瞒，如实道出，得知是李师师的老情人写的，徽宗更是醋意大发，回朝后便把周邦彦的官职废了。

过了几天，徽宗又来找李师师，李师师不在。徽宗干等了半天，李师师夜半才回，神色憔悴，脸上犹有泪痕，见李师师梨花带雨的样子，徽宗心先自软了下来，气也消了大半，李师师倒也不隐瞒，说是去送别周邦彦，徽宗问李师师：“他又作词了吗？”李师师说：“有一首《兰陵王》。”徽宗想知道周邦彦都写了些什么，便让李师师唱了一遍：

柳阴直，烟里丝丝弄碧。隋堤上、曾见几番，拂水飘绵送行色。登临望故国，谁识京华倦客？长亭路，年去岁来，应折柔条过千尺。

闲寻旧踪迹，又酒趁哀弦，灯照离席。梨花榆火催寒食。愁一箭风快，半篙波暖，回头迢递便数驿，望人在天北。

凄恻，恨堆积！渐别浦萦回，津堠岑寂，斜阳冉冉春无极。念月榭携手，露桥闻笛。沉思前事，似梦里，泪暗滴。

李师师唱得十分伤感，徽宗见李师师美目含泪，一脸怅然，知道李师师不愿意周邦彦离京，他便赦免了周邦彦的罪名，把周邦彦召回，封他为“大晟乐正”，类似现在中央歌舞团艺术总监的职务，准他随时在李师师家走动。一段臣子与皇帝争风吃醋的桃色事件，倒也演绎出一段风流佳话来。

尽管南宋偏安江南一隅，但声妓之乐，盛况不减，著名的《马可·波罗游记》就有叙述外国人对南宋京师（临安）名妓的感受：“这种女人手段高明，擅长卖弄风骚，几句话便引任何男人上钩，以至于外国人只要一亲芳泽，便会忘乎所以，被她们的千姿百媚弄得销魂夺魄。”

在这种社会风气下，唐太守与歌妓交往是一件再正常不过的事。

可是朱熹硬是想从“男女关系”“作风问题”找到突破口，并上纲上线地来整倒唐仲友。

四

朱熹从唐仲友嫖宿娼妓的罪状入手，展开了取证工作。他下令黄岩司理院（司法机关）将刚刚获得自由身的严蕊逮捕入狱。朱熹将严蕊收监的目的，就是想从严蕊身上找到突破口。

两个官人之间的争斗，因为中间夹杂着一个色艺双全的青楼女子，而染上点点桃红。而坊间对此议论纷纷，说唐太守与严蕊固然关系不同寻常，而浙东常平使朱熹也曾有意于严蕊，而严蕊却不拿正眼看他，故生此变。老百姓把“存天理，灭人欲”的朱熹老先生，想象成一个争风吃醋的第三者，此事成为南宋官场一大绯闻，也为街谈巷议提供了精彩丰富的素材。后世也因此事演绎出无数故事来，鲁迅先生就在杂文里挖苦朱熹，说他这个大儒是讲“恕”道的，然而却不能不让无告的官妓吃板子。这个官妓指的是严蕊。

按朱熹的如意算盘，严刑拷打之下，严蕊必招。也是，“婊子无情，戏子无义”，一个青楼女子，逢场作戏，加上身子骨弱，肯定受不了这番荼毒，是会给出他想要的答案的。

宋时虽然风气开放，软玉温香如暮春的香风，常把人薰醉，但规矩是明明白白摆着的。按照官方的文件规定，“阃帅郡守等官，并得以官妓歌舞，然不得私侍枕席”。至宋仁宗时，更是严禁官吏公然狎妓，违者重处。就是说：地方领导可以安排官妓唱歌跳舞，但不许让人家陪自己睡觉，否则就是严重违纪，一旦被弹劾，不是丢官就是降职。宋时，祖无择担任杭州知府，被人告发睡到官妓薛希涛床上，王安石负责审理此案，他平日就与祖无择讲不到一块，这一回抓住政敌祖无择的小辫子，便严刑拷打薛希涛。薛希涛的身子是软的，但骨头是硬的，她到死也没有承认她与祖无择的私情，使祖无择免受责罚。薛希涛看来也是义妓，可惜不够有才，没有诗文留下来，否则声名会更大。但其他官员就没有这样的好运气了：一个叫蒋堂的官员就是因为与官妓有私而被贬河中府；“两浙路张靓、王庭圭、潘良器等，因阅兵赴妓乐筵席侵夜，皆黜责”；“王洙权同判太常寺，坐赴赛神与女妓杂坐，黜知濠州”。

朱熹要的就是“私侍枕席”四个字，只要严蕊交代自己与唐仲友“私侍枕席”，就可以依照南宋的法律定唐仲友的罪了。

为了得到自己需要的口供，办案人员严刑拷打严蕊。

严蕊在堂上据理反驳，就是不讲一句对唐仲友不利的话。狱吏诱供说：“你干吗那么傻，受这个罪，早一些承认了也不过是杖罪。”

可严蕊的回答是：“循分供唱，吟诗侑酒是有的，并无一毫他事。”意思是说，我和唐太守在一起唱唱歌、喝喝酒、调调情是有的，但除此之外，我们之间是清白的。

无论怎样折磨，都无法撬开严蕊的嘴。她知道一旦承认，唐仲友的政治生涯便会终结，于是，“坚不吐实”。

她凛然道：“身为贱妓，纵合与太守有滥，科亦不至死。然是非真伪，岂可妄言以污士大夫？虽死不可诬也。”——我是一个低贱的歌舞伎人，被人看不起，就算我与太守有私情，也不是了不起的大罪，总不至于让我死吧。但是非真伪，不能黑白颠倒。想让我诬陷士大夫，我虽死不为！

一个月后，严蕊又被押送绍兴异地审理。绍兴知府也是道学之人，平生最恨风月之事，“从来有色者，必然无德”，命左右使劲用荆条抽打严蕊。

严蕊在两个月内，“一再受杖，委顿几死”，她被打得死去活来，“终不肯招”。她宁肯牺牲自己的生命，也不肯出卖蓝颜知己，她以这样一种决绝的选择和悲情的姿态来报答唐仲友对她这个底层女子的体恤和温情。

严蕊虽身为裙衩，但在强权面前，这个纤弱的台州女子所表现出的刚烈，足以让须眉汗颜。

五

朱老夫子想扳倒唐仲友也没那么容易。一方面，唐仲友虽被停职，但他一直为自己翻案。另一方面，南宋右相王淮的胞妹就是唐仲友的弟媳妇，何况王淮与朱熹也是政敌。朱熹上疏弹劾唐仲友的奏折均被王淮压下，只有一封弹劾其宿娼嫖妓的奏章被呈了上去，不过，同时呈上的还有唐仲友告朱熹诬陷的奏章。

朱老夫子盯着唐仲友的案子不放，唐仲友气恼万分，他听说司理院衙门要对严蕊决杖，他指使人闯进司理院抢人。朱老夫子怒不可遏，强烈要求朝廷对唐仲友进行严厉查处。朝野对此议论纷纷，有人为朱老夫子帮腔，有人替唐仲友叫屈。

宋孝宗向右相王淮问起此事时，王淮将此事描述成“二书生争闲气耳”，轻描淡写地带了过去。于是，宋孝宗采取各打五十大板的方法，免去唐仲友的江西提刑职务，主管建阳武夷山冲道观，而朱熹则被调离。

严蕊此时还关在狱中，度日如年。

新任浙东提刑岳霖是大名鼎鼎的抗金将领岳飞的儿子，当初岳飞及长子岳云被秦桧杀害，岳霖随家人充军岭南。后宋孝宗起用抗战派人物，岳飞的冤案始得平反，岳霖也被起用为官。岳霖了解了这件桃色事件的始末，感于严蕊身陷囹圄而气节凛然，有意释放严蕊。释放前，岳霖命她当众作词一首自陈，严蕊遂口占一词：

不是爱风尘，似被前尘误。花开花落自有时，总赖东君主。

去也终须去，住也如何住！若得山花插满头，莫问奴归处。

这首词写得何等哀怨，何等沉重，字字泣血，句句含泪——并不是我喜欢这种生活，沦落风尘是命中注定，本属无奈。就像花开花落由花神掌管一样，我的去留也全由大人你做主啊。我虽误落风尘，但向往自由，有朝一日，我获得了自由身，把那山花插满鬓边，请你们不要过问我的归处。

岳霖从词中读出了一个青楼女子的无奈和悲凉，也读出了严蕊对自由生活的向往。

严蕊被无罪释放，并脱籍从良。

一代才女严蕊以词遭罪，又因词得脱，终于回归到自己向往的生活里。

从正史看，岳飞后代岳霖从未担任过浙东提刑使一职，而经历这场风波后的严蕊藏身于民间，的确不知归处，但中国白话小说集“三言二拍”中的《二刻拍案惊奇》中《硬勘案大儒争闲气，甘受刑女侠著芳名》中对严蕊的结局是这样安排的：

严蕊获得自由不久，就被一丧偶的赵宋宗室纳为妾。虽然严蕊未能得到正妻的名分，但那宗室自娶了严蕊后，心满意足，一心一意跟严蕊过日子，再没娶过别的女人。严蕊也满足于那种寻常巷陌的生活，此生纵有刻骨铭心的感情，如今也都物是人非。轰轰烈烈的感情，到底不如细水长流的幸福来得可靠稳妥。

历经坎坷的严蕊最终实现了自己的愿望——到山高水远处去。虽然是小说，但也寄托了人们对严蕊的美好祝福。

严蕊的一生，有点像言情小说，风月无边，情节曲折。她是美女也是才女，更是侠女，任何一种身份都可以演绎出很多的故事，她的故事里免不了有文人的穿凿和世俗的附会，当然也少不得暧昧的情节。不管怎样，一个青楼女子，凭着一份悲慨与决绝、一段情与义，最终把自己“无物结同心，烟花不堪剪”的一生演绎成传奇。

潘碧天：子规惊动深闺梦

当"子规惊动春闺梦"时，她终究还是找到自己的幸福。虽然幸福远远没有到天长地久之时，但是比起同时代的才女，她已是足够幸运了。

早春二月，庭院里的柳树已经冒出了嫩芽，轻风拂面，柳丝婀娜，一声声子规的啼叫，惊醒了梦中的少女。潘碧天从闺房里走出，打起门帘看那一波烟翠，这时她那温婉的情怀如临水照花，她题笔写下一诗："袅袅轻风二月天，如丝杨柳满庭前。子规惊动深闺梦，起卷珠帘看翠烟。"

潘碧天是明朝天台才女，她之得名，或许是缘于赤城山上一碧如洗的天空，或许是因她的父亲潘祯喜欢范仲淹的词句"碧云天，黄叶地，秋色连波，波上寒烟翠"而给她起名碧天。

潘碧天生于诗书之家，其父潘祯原是督学佥事，后又任南京大理寺左寺正。潘家在当地颇有声望。

潘碧天是个早慧的女子，她聪慧好学，饱读诗书，幼时即能背诵数百首诗章，八岁能诗，出口成章。

九岁那年，潘碧天的父亲潘祯受命为南京大理寺左寺正，潘祯带着全家到南京赴任，时值秋天，枫叶荻花秋瑟瑟，纵目远望，薄雾笼罩着清秋，家乡的山山水水渐行渐远。随风摇曳的芦花、天上的一轮孤月，让小小年纪的她产生了乡思旅愁，一时间，离愁别绪涌上心头。小碧天在途中写了一首诗叫《随任夜泊金陵》：

寒云薄雾锁江秋，
风动芦花荡客愁。
遥望家乡何处是，
青天孤月思悠悠。

这首出自九岁小女孩之手的诗歌，无论是遣词用语，还是意境诗情，都可圈可点。其父对女儿小小年纪表露的才华喜不自禁，认为女儿有“咏絮才”，但对她诗中流露出的伤感有着隐约的担心。

谁也没有想到，少女的这首诗作竟然会成为她命运终局的谶语——与一轮孤月相伴。一诗成谶的例子在文学史上并不鲜见。唐朝才女鱼玄机，十三岁时作了一诗，那时她还不叫鱼玄机，而是叫幼薇，温庭筠出了道“江边柳”的考题，幼薇一挥而就，以“根老藏鱼窟，枝底系客舟”的五律应答。温庭筠惊异于这位少女的才华，又从“系客舟”三字隐约看出她悲凉的命运。与鱼玄机同时代的才女李冶和薛涛都以诗著名，最终也未逃脱以色事人的命运。李冶五六岁时，在庭院里作诗咏蔷薇：“经时未架却，心绪乱纵横。”她父亲听后，不但没有为女儿的才气高兴，反而生气地说：“此必为失行妇也！”后竟如其言。薛涛的故事更有名，薛涛八九岁通晓声律，庭院里有一株老梧桐树，其父咏道：“庭除一古桐，耸干入云中。”小薛涛应声道：“枝迎南北鸟，叶送往来风。”让她父亲黯然了许久。

在南京的八年，潘祯忙于公务，潘碧天在家苦读诗书以排遣内心的孤独与怅惘。在秦淮河畔，这个少女渐渐长大了。春天的梅花山，花树繁茂，秋天的灵谷寺附近，桂花香气飘满整个山谷，曾经的帝王之都，给了潘碧天开阔的眼界和作为一个诗人必要的艺术素养。

只是，潘碧天是寂寞的，在异乡，她的梦里始终流淌着家乡天台始丰溪的清流，回响着国清寺的晨钟。无人倾诉，也无人知晓她恬静的面容后那些低回曲折的心思。

她曾手执诗卷，在那花影下怅然若失，也曾卷起珠帘，侧耳细听燕子的呢喃；东风不来，异乡的她心如寂寞的城。

伤情的故事几千年来总是没完没了地出演，没有落幕的时候。就像美人杜丽娘轻蹙蛾眉叹道："原来姹紫嫣红开遍，似这般都付与断井颓垣。良辰美景奈何天，赏心乐事谁家院？"暮春时节，春之将老，站在落英缤纷的庭院里，有的只是春之将归的落寞惆怅。燕子是成双的，蝴蝶是成双，而只有自己落花人独立。偶然，她看到两只蝴蝶在院子里的蔷薇花下上下翻飞，她偷偷地、悄悄地走进，然后玉手向前一撩，想抓住一只蝴蝶。

一春风景属西轩，
四面青山凝晓烟。
满地飞花人独立，
撩予双蝶过庭前。

这个外表比天空更安静的女子，内心一定埋藏着烈焰般的情感。所有诗句只有一句话：红尘里可有我等待的人？

潘府千金潘碧天的才情远近闻名。

明代诗歌选集《国雅》收入明朝的名家之作，对潘碧天的诗给予了极高的评价，潘碧天的五言："夜久人未眠，碧水荡秋月。""未开云外户，先听水连松。"七言："不知燕子栖何处，此际东风依旧回。""明月晓光移槛白，芙蓉秋色映江红。"时人称可与汉班婕妤"玉阶"之赋、"纨扇"之词相媲美——"故《玉阶》之赋，《纨扇》之词，足夸邪？"这个评价不可谓不高。

以汉班婕妤的"纨扇"之词来对比潘碧天的闺中诗，大概是缘于潘碧天诗中所流露出的寂寞、伤感吧。

燕子去了又来，花儿开了又谢。一个又一个繁花如锦的春天过去了，一个又一个绿意葱茏的夏天过去了。

十七岁那年，潘碧天返回家乡天台。

龙凤喜烛的光焰欢快地跳跃着，新人沉静温婉地坐着，大红盖头把她和周围的一切隔开了，眼前是一片神秘的、红色的朦胧。只等新郎挑开她的红盖头。

潘碧天嫁给了读书人裘致中，夫妇以诗唱和，琴瑟相知，情深意切。

日子过得闲适优雅。闲暇时，她会写一两首小诗，给他。她终于找到了懂她心的人。她不再伤感，不再哀怨。兴致好时，夫妻俩纵情山水间，过着平淡而欢乐的小家庭生活。其间，潘碧天又作了不少诗，其中有一首吟咏桃源洞的诗，内中两句"听残一夜溪头雨，流出桃花万片红"亦让人叫绝。

幸福的日子一过就是三十多年。

是男儿都想着建功立名，裘致中也不例外。从裘致中考中贡生时，潘碧天的幸福就即将画上句号。纵然万般不舍，她还是目送夫君上京面试。没想到这次分离，却是诀别。

考中贡生第二年，裘致中京试合格，被选为推官（推官相当于现在地方中级人民法院院长，还兼有审计局长的职能）。但是体质孱弱的裘致中大概算得上是福薄之人，旅途的奔波加上水土不服，裘致中染病在身，还没上任，就奔了黄泉。

失去挚爱的潘碧天痛断肝肠，悔教夫婿觅封侯啊。失去丈夫，她才知道，她的夫君为她遮挡多少风雨，使她能在温香里做着好梦，斯人已去，此情不再，未亡人剩下的只有流泪流血的悲伤，锥心刺骨的痛让她写下“肠断西风血雨流”的诗句，寄托了她对亡夫无限的深情。

重击之下造成的创伤又有谁来疗救？潘碧天默默吞咽着思念的苦泪，她了无人生乐趣，最终，看破红尘的她隐居于家乡的赤城山桃源庵，独对青灯古庵，潜心修道。

丈夫死后第三年，1521 年，五十五岁的潘碧天在寂寞清修中了却了余生。

在对潘碧天有限的记载中，一些志书上说明成祖朱棣敕封潘碧天为“碧天道人”。明成宗朱棣即永乐皇帝，就是他灭了方孝孺十族。明成宗生于 1360 年，卒于 1424 年，他死后四十二年，潘碧天才出世。一个已死去多年的皇帝断无敕封潘碧天的可能。

有没有敕封已不要紧。要紧的是，在“女子无才便是德”的时代，出自官宦之家的潘碧天，当“子规惊动春闺梦”时，她终究还是找到自己的幸福。虽然幸福远远没有到天长地久之时，但是比起同时代的才女，她已是足够幸运了。

出行中的贵妇与侍女（刺绣·台州府城刺绣博物馆藏品）

这些衣饰华美、珠翠满头的美人，正准备参加一场盛大的祝寿活动，画堂的案几上，放着花瓶和香炉（刺绣・台州府城刺绣博物馆藏品）

樱桃小嘴小蛮腰，是古代美女的标志
（刺绣・台州府城刺绣博物馆藏品）

明末清初的闺中人，爱梳低垂的“燕尾”，这种发型要用头油来定型，为免头油沾到衣领上，美人们在衣领处扣罩上云肩（刺绣·台州府城刺绣博物馆藏品）

女伴们在回廊之下，有说不尽的话（刺绣·台州府城刺绣博物馆藏品）

侍女手上挑的是荷花灯,举的是南瓜灯和孔雀尾羽做的掌扇(刺绣·台州府城刺绣博物馆藏品)

宋代贵妇的正式礼服均采用大袖，香球就藏在大袖中，贵妇入宫朝谒时，乘车出行，侍女各持一个香球随侍两侧，贵妇悬挂小香球于手腕上，“车奔驰过，香烟如云，数里不绝”（刺绣·台州府城刺绣博物馆藏品）

抱子游园(刺绣·台州府城博物馆藏品)

出佳肴以宴客，奉香饮而酬宾（刺绣·台州府城刺绣博物馆藏品）

富贵人家的祝寿，排场总是很大（刺绣·台州府城刺绣博物馆藏品）

参加朝贺宴会的古代官人。古代官人的服装，以官员散官品级的不同而配以不同的颜色、质料、纹样，唐贞观四年的品色制度规定："三品以上服紫，四品五品以上服绯，六品七品以绿，八品九品以青。妇人从夫色。"（刺绣·台州府城刺绣博物馆藏品）

暮春游园，摘花闻香（清代刺绣·台州府城刺绣博物馆藏品）

两个闺秀在下棋，一手持香扇的美人在观棋。这香扇的扇柄端头，饰以香料雕成的精美的小扇坠。美人摇扇，香风不尽（清代刺绣·台州府城刺绣博物馆藏品）

花园里，官人在闲谈，美人在边上鼓笙吹箫
（清代刺绣·台州府城刺绣博物馆藏品）

独占鳌头。夫君要出门博取功名，妻子一针一线绣了寄托美好愿望的肚兜送给夫君(刺绣·台州府城刺绣博物馆藏品)

清代台州朱金彩绘家俱上的民间男女情爱题材

台州美女知多少

台州美女性格鲜明，爱憎分明且行事明快，虽是南方佳丽，但性格像小甜椒，带点爽气，带点霸气，带点辣味，还带点江湖气。

台州是佛宗道源之地，在这片土地成长起来的台州女子有佛心慧根

一

“一方水土养一方人”，台州九个县市区，有的靠山，有的近海，山里人耿直、敦厚、质朴，海边人活络、机智、灵巧，特定的历史传统加上特定的地域环境，直接影响着女人的生存方式，也影响着女人的性格和体貌，造就了一个地方不同的风情。“三里不同俗，十里不同风”，因此，无论心态、性情和生活方式，不同地方的女性，有着不同的精神特质，她们或细致，或婉约，或柔韧，或精明，或泼辣，给不同的城市增添了不同的美丽。

美女是流动着的最生动的城市风景，装饰着她们栖息的城市，提升着城市的气质与魅力，也隐含着当地的城市文化。一座风情万种的城市，盛产的是风情万种的美女。一座平民化的城市，多的是如邻家小妹般清新可人的女子。同处江南，如果说苏州是工笔画，杭州是水墨画，扬州是水彩画，台州则是简笔画。台州美女性格如简笔画那般简洁明快。

美女如云的城市，是幸福感强的城市。它不但让这个城市的男人感觉到生活层面上的另一种意义，还能提升一个城市的知名度和美誉度。美女可以成为一个城市的标志和名片，因为她们打造着城市的风尚，渲染着城市的风情。比如新疆的达坂城，比如陕西的米脂，以美女多而著称，这几乎就成了一种旅游资源，又比如，成都出美女，成都的美女称为“粉子”，成都则号称“红粉第一城”，在城市美女指数排行里遥遥领先，成都男人自豪地说：“不到北京不知道自己官小，不到海南

直率大方的台州女子，内心深藏着柔软与温情

不知道自己身体不好，不到成都不知道自己结婚太早。”

同样是西部城市的重庆，有人总结出“每两根电线杆之间，平均每分钟有五个美女晃过”的心得，可见重庆也盛产美女。至于南京，有秦淮八艳、金陵十二钗。这里的美女跟搞批发似的，一出就是八个十个。虽说有凑数字的嫌疑，“可是别的地方的人未必就不想凑，像南京这样能凑出来的，也不容易”，南京作家叶兆言得意地说。

苏杭更是出美女。杭州的美女跟西湖一样有名，半个世纪前的就不去说了，现在随便排排，就有陶慧敏、袁立、俞飞鸿、汤唯，由于杭州盛产美女，全中国的选秀大会都在杭州设有分会场，杭州正成为具有国际影响力的选美城市。

杭州之外，宁波有林芳兵、陈思思、陈肖依，温州有周韵，衢州有周迅。台州出过一个国际小姐姚沁，让台州人很是自豪了一阵，姚沁之艳名远播，缘于她在国际性的选美比赛中，夺得国际小姐冠军和获得“最上镜小姐”称号两项殊荣，被美国前国务卿基辛格称为“最具魅力的中国女性”，还受邀参加过三任美国总统的就职典礼。

不过，与过于西化的姚沁相比，央视女主播章伟秋更让台州人感到亲切，因为章伟秋既有知性之美，又有邻家妹子般的可亲。

台州历史上，有过几个大美人，如贾贵妃、严蕊。贾贵妃是宋朝名臣贾涉的女儿，是个不折不扣的大美女，史书上说她“有殊色”，可见她有出众的美貌。

台州美女中，被称为桃花女神的是严蕊。严蕊貌美如花，性情如火，青楼女子里，有此才情而又坚贞刚烈的，除了李香君、柳如是，大概只有她了。一部《桃花扇》，使李香君声名大震，而“三言二拍”演绎了

花下读书

严蕊的故事——虽身为裙衩，但在强权面前，一个纤弱的台州美女所表现出的刚烈和情义，让男人汗颜，她的冰心侠骨让人至今念念不忘。

二

虽然与苏杭大批量盛产的美女不能相提并论，但台州美女有自己独特的韵味和风姿。台州美女以小清新的居多，虽然她们的美还没有美到让人惊艳的地步，但这种小清新，跟台州的山清水秀合拍，亦让人觉得可亲可近。如果说那种让人惊艳的美，已经美到极致，美到无可挑剔，比如林青霞、钟楚红、利智、李嘉欣、许戈辉、许晴一干女神，有着水蜜桃一般新鲜、饱满、大气、压得住阵脚的美。女人见之，我见犹怜，男人见之，心跳加速，就像《诗经》说言，“桃之夭夭，灼灼其华”。她们美得耀眼，美得华美，美得灿烂，在她们的身上，交织着倾城秀色与高贵气质。这些年来，台州举办过金穗小姐、形象小姐、青春风采大赛、杨梅仙子之类的选美大赛，虽然缺乏一出场就震住众人、气场强大的女神级别的大美人，但评选出不少清新的氧气美女。

是不是美人，既要看硬件，又要看软件。所谓的硬件，即脸型和体型，美人应是云髻雾鬟，是明眸善睐，是盈盈秋水，是淡淡春山，是朱唇皓齿，是玉指素臂，是细腰雪肤。香港凤凰卫视梁冬曾经担任“江南丽人选美大赛”主持人，在他眼里，江南丽人要符合这样的条件：第一，应该不是特别高大；第二，皮肤要很好；第三，说话声音不能太大；第四，眼睛是水汪汪的；第五，要很能干；第六，不要很夸张也不要很泼辣，要善良而又心思玲珑。

天台涂鸦村，一个正在看涂鸦作品的女孩

一个典型的江南美女，她的标准脸型是椭圆脸，即所谓的瓜子脸。从身材来看，既不能牛高马大，也不能过于纤细娇小，过于娇小的话，漂亮得往往不够显眼大气。

同时，是美人必有姿色，所谓的姿色，其实是指仪容仪表，外加风度气质。风度气质是能够大大提升美丽指数，弥补先天不足的。从总体来看，自古以来，温柔富贵之乡，烟柳繁华之地，皆盛产美女，比如苏州，自古以来就是美女的原产地，是中国脂粉气最重的城市之一；风花雪月的杭州，多才子佳人；而“天下三分明月，二分独照扬州”的扬州出

台州女子有温婉知性的一面

央视女主播章伟秋，是台州知性美女的代表。她曾为《东方时空》《焦点访谈》栏目编导、记者主持，后为《新闻三十分》主播，《每周质量报告》《法治在线》节目主持人，连续三届《中国汉字听写大会》主考官

瘦马，"多情最是扬州柳"，扬州美女也很出名。台州自古就不是温柔富贵乡，也不是烟柳繁华地，所以，台州美女不如苏杭美女出名，也就不奇怪了。

虽然对美的评判，各人心中有一杆尺，但同一个地方的人对美的认同大致是趋同的。通常情况下，美人出没在大学校园、咖啡馆、音乐会、星级宾馆、繁华的商业街、高级写字楼里的概率比较高，如上海的淮海路、衡山路，杭州的延安路、南山路一带，美女众多，不说一步有一美女，但五步之内必有芳草，她们个头高挑，打扮精致，与周边的风景相得益彰。看看你所在的城市是否盛产美女，不妨到上述几个地方蹲点。如果五分钟内还不见一个美女出现，我们大致可以判断，这是个美女指数不高的城市。

台州虽然没出过像林青霞、钟楚红、许戈辉一样的大美女，但台州并不缺五官秀气的美女，我的几个女友都算得上是一等一的台州美女，苗条水灵，妩媚可人，哪怕放到苏杭这样美女成堆的大城市，也毫不逊色。尤其是玉环和天台两县，出产的美女质量相对来说较高，玉环美女白净水嫩，天台美女高挑秀美，这两地的女子普遍“水色好”，能屡屡在各类选美赛中胜出。而仙居出品的那些“清水出芙蓉”的美女，质量也相当不错，至于温岭的松门、椒江的葭沚，同样出过不少美女。所以，不少朋友让我列出台州九个县市区的美女指数时，我有些犯难，因为一方水土养一方美女，一方美女各有美色，很难用生硬的指标去套用。

三

如果以美女喻城，上海是摩登少妇，湖北是从军木兰，重庆是半老徐娘，广东是卖酒文君，海南是纯情渔女，杭州是大家闺秀，苏州是小家碧玉，台州则是邻家妹子。台州美女与北地胭脂相比，也许美得不够大气，但清新、婉约和富有活力正是她们的特点，她们也许不够惊艳，但带着清新自然的田野风，就像《飘》中那个“像泥土一样单纯，面包一样有益，泉水一样流澈”的玫兰妮。她不是名门淑女，这使她少了高傲，多了烟火气；她也不是富家千金，这使她少了富贵气，多了人情味，她就是邻家妹子，她是清新的，活泼的，像山间的溪流，叮叮咚咚，晶莹剔透。

台州美女一如台州绿茶，清新、自然

上海世博会的口号是“城市让生活更美好”。其实，美女让我们的生活更美好。经营城市需要时间，打造美女同样需要时间。家庭环境和经济地位容易成就一个美女。城市总是呼唤着美女，美女多的地方，城市竞争力无疑会强，至于软实力，美女的多少，无疑算得上是一个标准。因为美女多的地方，往往是文化、经济、政治中心，这些地方具有把美貌女子荟萃在一起的优势，正如人往高处走，水往低处流，天生丽质难自弃的美人们，总会选择最适合自己生存的地点，所以我们毫不奇怪，北京、上海、杭州、深圳，这些个城市为什么美女如云，也毫不奇怪，那些名气大、福利好的单位，为什么总能云集那么多的美女。

与其感慨台州美女不够玉面长身，不如欣赏她们的小巧玲珑；与其感慨台州美女不够美艳动人，不如欣赏她们的随性可人。台州美女一如台州的绿茶，清新、自然、原味，她们在暖而润的气候下，在柔而媚的山水中，自自然然成长起来。她们的味道如羊岩勾青，如仙居碧绿，如天台云雾茶。这些绿茶，在冲泡之下，有着淡淡的茶香，这种味道，不如红茶浓酽，不如黑茶提神，但是平和、清新，饮一口，别有一番滋味在心头，值得你长久地回味。

图书在版编目(CIP)数据

山海之间的台州女人 / 王寒著. — 杭州 ：浙江工商大学出版社，2016.2(2016.6 重印)

ISBN 978-7-5178-1518-1

Ⅰ. ①山… Ⅱ. ①王… Ⅲ. ①散文集－中国－当代 Ⅳ. ①I267

中国版本图书馆 CIP 数据核字(2016)第 007093 号

山海之间的台州女人

王　寒著

出 版 人　鲍观明
策划编辑　沈　娴
责任编辑　沈　娴
封面设计　吴　兰
责任印制　包建辉
封面插图　郑思佳
摄　　影　王寒、东方菲、依旧简单等
出版发行　浙江工商大学出版社
(杭州市教工路 198 号　邮政编码 310012)
(E-mail:zjgsupress@163.com)
(网址:http://www.zjgsupress.com)
电话:0571－88904980,88831806(传真)
排　　版　杭州朝曦图文设计有限公司
印　　刷　杭州五象印务有限公司
开　　本　787mm×1092mm　1/32
印　　张　7.375
字　　数　158 千
版 印 次　2016 年 2 月第 1 版　2016 年 6 月第 2 次印刷
书　　号　ISBN 978-7-5178-1518-1
定　　价　36.00 元

浙江工商大学出版社营销部邮购电话　0571－88904970